TURISMO PARA CEGOS

A marca FSC® é a garantia de que a madeira utilizada na fabricação do papel deste livro provém de florestas que foram gerenciadas de maneira ambientalmente correta, socialmente justa e economicamente viável, além de outras fontes de origem controlada.

TÉRCIA MONTENEGRO

Turismo para cegos

Este livro foi selecionado pelo programa Petrobras Cultural

Copyright © 2015 by Tércia Montenegro Lemos

Grafia atualizada segundo o Acordo Ortográfico da Língua Portuguesa de 1990, que entrou em vigor no Brasil em 2009.

Capa
Tereza Bettinardi

Ilustração de capa
© The Imagination Box

Preparação
Joana Barbosa

Revisão
Angela das Neves
Adriana Bairrada

Os personagens e as situações desta obra são reais apenas no universo da ficção; não se referem a pessoas e fatos concretos, e não emitem opinião sobre eles.

Dados Internacionais de Catalogação na Publicação (CIP)
(Câmara Brasileira do Livro, SP, Brasil)

Montenegro, Tércia
    Turismo para cegos / Tércia Montenegro. — 1ª ed.
— São Paulo : Companhia das Letras, 2015.

    ISBN 978-85-359-2546-3

    1. Ficção brasileira I. Título.

14-13309   CDD-869.93

Índice para catálogo sistemático:
1. Ficção : Literatura brasileira 869.93

[2015]
Todos os direitos desta edição reservados à
EDITORA SCHWARCZ S.A.
Rua Bandeira Paulista, 702, cj. 32
04532-002 — São Paulo — SP
Telefone: (11) 3707-3500
Fax: (11) 3707-3501
www.companhiadasletras.com.br
www.blogdacompanhia.com.br

Aos que sabem contemplar.

Sumário

PRIMEIRA PARTE, 9

SEGUNDA PARTE, 85

TERCEIRA PARTE, 159

PRIMEIRA PARTE

O tempo nasce nos olhos.
Julio Cortázar

O amor

Lembro que vi o casal chegando miudinho, pela rua que fica em frente. O latido dos cães me tornou insensível ao barulho urbano: não percebo mais o resfolegar dos ônibus nem as buzinas. Mas noto a agitação por trás da vitrine e posso dizer que me acostumei ao ritmo das pessoas se deslocando de um ponto a outro, cruzando o asfalto, concentradas em si mesmas. Se uma delas vem em direção à loja, adivinho sua intenção muito antes que chegue à porta. Pelo jeito de andar, com certa dúvida ou expressão ansiosa, sei quando vai comprar um filhote por impulso ou quando escolherá um animal definitivo, estremecendo como quem vê uma criança no berço.

Alguns me chamam de sensitiva por causa dessas habilidades, mas eu me considero apenas uma boa observadora. Quando o casal parou na esquina, por exemplo, apurei minha atenção. Reconheci o rapaz como funcionário de uma repartição pública, um tipo insosso que parece brotar nesses ambientes. Creio que fui lá duas ou três vezes, para resolver o problema dos impostos que a loja tinha atrasado, e o tal rapaz me atendeu. Seu crachá trazia um nome — Pierre — e, por uma associação incontrolável, pensei em como era apropriado para um sujeito daqueles. O nariz pontudo se anunciava na primeira sílaba, e depois a vibração dos erres certamente devia corresponder a uma constipação que ele trazia, persistente como um arranhado na garganta.

Foi graças a essa brincadeira mental que pude cumprimentá-lo, quando ele entrou na companhia da moça. Pierre se admirou que eu o conhecesse e, mais ainda, soubesse o seu nome. Acho que ficou envaidecido — essa é outra coisa com que me divirto. As pessoas são sempre frágeis no orgulho e se agarram a migalhas de prestígio. No caso dele, o instinto fez com que procurasse a aprovação da moça; olhou para ela, ansioso por um ciúme ou espanto, algo que confirmasse que ele era, sim, alguém reconhecível.

A moça, entretanto, estava distraída, tateando as grades de uma pequena jaula onde eu pusera uns pastores-alemães nascidos há trinta dias. Ela se chamava Laila, conforme Pierre disse, num timbre meio jocoso. "Parece nome de bicho" — completou, com uma risada. Depois, deve ter achado o comentário grosseiro, porque tentou corrigir: "Como uma cachorrinha peluda, daquelas de filme". Eu suspirei, para indicar impaciência. Laila tinha erguido um dos filhotes pela abertura superior da jaula e agora o amassava contra o peito. "Se vocês quiserem um desses, vão ter que vaciná-lo" — falei, mostrando a porta que dá para o consultório. Pierre abanou as mãos e a cabeça, em negativa: "Na verdade, precisamos de um animal adulto. Um que seja treinado para servir de cão-guia".

Anotei o telefone de Aluísio, nosso funcionário responsável pelo programa de adestramento. Enquanto explicava detalhes do processo para a aquisição do cachorro, Laila se aproximou, ainda segurando o filhote. Ela estava rígida por trás dos óculos escuros, e me senti nauseada — exatamente como fico diante de um esnobe. Meses mais tarde, Pierre me contaria sobre aquela época. "O começo do fim", falou, num chavão dramático. Eu sorri, porque quando entrei na cafeteria nem sonhava que seria apresentada à história com tantos detalhes. O plano saía melhor do que eu havia imaginado.

Pierre continuava feioso, e sua voz tinha perdido grande parte da força. Provavelmente devido à tristeza, assumia um tom constrangido, sussurrante. Foi aos cochichos que me disse como se apaixonou, bem no dia em que Laila admitiu que ia ficar cega. A retinose inspirou nele um misto de piedade e covardia, balbúrdias filosóficas e sessões de revolta — contra si mesmo, contra a moça e o destino. Porém, em vez de verbalizar tudo aquilo, Pierre decidiu falar sobre a primeira coisa que lhe ocorreu: uma lenda criada pelo seu avô.

O avô era um andarilho incansável, conforme disse. Na juventude adquiriu um mapa do mundo que costumava desenrolar solenemente como se fosse um papiro, para depois de um tempo guardá-lo de volta — um canudo da grossura de um telescópio, que o acompanhou em todas as bagagens. Era um incômodo que ele não dispensava, pois a cada cidade visitada punha no mapa um círculo colorido, fazendo um risco feroz, para ligá-las. O traço saltava oceanos, se a viagem fosse de avião.

Quando o avô estava muito velho, o zigue-zague de seus trajetos finalizou um desenho confuso, cheio de ângulos. Então ele percebeu que se tornava cego e contratou um marceneiro para que lhe fizesse a réplica da figura que durante anos esboçara sobre o mapa. Assim o desenho tornou-se palpável, numa estranha peça de madeira. O avô já não podia enxergar, mas carregava consigo a miniatura dos trajetos que percorrera. Nos seus últimos dias, passou a dizer que aquele era o formato de sua alma. A enfermeira comentou sobre os delírios provocados pela medicação, mas Pierre preferiu acreditar no mito criado pelo avô: cada homem constrói o espírito nos percursos que palmilha sobre a terra. Quem passa a vida circulando pelos mesmos lugares tem a alma redonda e funda; quem se desloca e atravessa continentes tem a alma longa, cheia de vértices.

O pedaço de madeira, como uma grande folha dura, era o retrato do avô por dentro, e quando Pierre o levou consigo, do hospital, sentiu que levava mais do que as cinzas de um morto. Levava um monumento íntimo, incompreensível para a maior parte das pessoas — tanto que nunca ousara explicar a origem do objeto. Tinha medo de que alguém risse da história ou, pelo contrário, ficasse melancólico e constrangido. Apenas para Laila evitou a versão mentirosa, que definia a peça como uma obra de arte anônima — e porque imaginava que ela, como artista, exigiria detalhes que ele não saberia sustentar. Pierre contou tudo sobre o avô e, quando concluiu, Laila tocou na madeira como se percorresse trilhas. Disse que gostaria de ter uma coisa parecida. "Você também gosta de viajar?", ele perguntou. "Nem tanto" — ela falou. — "Mas queria saber o modelo da alma que tenho."

Imediatamente, Pierre tomou para si a tarefa de ampliar as experiências de Laila. Por ela ser pintora, supôs que sua alma precisava ser larga, parabólica e complexa como um desses móbiles pendurados em exposições. Sem dúvida, Pierre aceitaria que o seu próprio espírito se mantivesse vertical e simples como um poço, um túnel sem mistérios. Ele não era um indivíduo criativo ou revolucionário, mas Laila seria fatalmente infeliz se, além da cegueira, fosse condenada à imobilidade. Era preciso passeá-la, fazê-la explorar seus outros sentidos. Inclusive — acrescentou — o sentido extra que ela já devia possuir.

Laila

Na tarde em que a história do avô surgiu, o velho estava morto há quase cinco anos e o tal pedaço de madeira — réplica dos trajetos no mapa — andava esquecido, empoeirando numa das estantes da sala. Pierre lembrou-se dele num instantâneo, enquanto Laila falava de forma sucinta (e mesmo friamente) sobre a retinose pigmentar. O óbvio seria atormentá-la com perguntas ou protestos, frases de lamúria gaguejantes que ficariam ressoando como refrões. Era isso o que todos haviam feito, começando com cada familiar de Laila e passando pelos amigos, vizinhos ou colegas de universidade. Laila se conformava em ter de consolá-los para, num movimento às avessas, sair da postura de vítima, pobre-coitada. Não que tivesse um particular "talento para a luta", como alguns disseram. Apenas odiava chamar a atenção e incomodava-se ao pensar que virava assunto em mesas de jantar ou trocas telefônicas. Enquanto durasse o processo de cegueira teria que dar satisfações, responder a inquéritos.

A curiosidade mórbida, inerente aos humanos, exercitava-se

sobre ela. Laila reduzia-se à condição de um radar, atraindo palpites ou indagações, receitas milagrosas e conselhos. Todos invadiam sua privacidade, examinando seus olhos e rosto como se ela virasse um bicho. Dentre as reações que presenciou, estiveram crises de choro e até dois acessos de riso (de colegas que não a conheciam direito e pensaram que ela fosse uma piadista), porém o mais recorrente e aborrecido eram os discursos infindáveis, circulando primeiro para saber minúcias, esbaldar-se em termos técnicos, *informações* que Laila confirmava como testemunha direta da doença. Depois, o palavreado vinha como remédio alternativo, ele próprio uma "injeção de otimismo", de acordo com uns tios que passavam mensagens de autoajuda para o endereço eletrônico de Laila. Era compreensível que ela se incomodasse com os rituais de luto antecipado por sua visão. Quando deu a notícia a Pierre, não havia um rastro emotivo em sua voz: falou automaticamente, com a amargura de um telefonista que atende à milésima chamada usando uma idêntica saudação. Esperava que o comportamento se repetisse; não tinha motivos para supor que Pierre reagiria de modo singular. Ele era só um dos alunos particulares que ela estava dispensando porque em poucos meses não seria capaz de ensinar pintura. Poderia talvez discernir formas ou cores, mas não fazia sentido manter uma profissão atingida pelo destino irônico.

No íntimo, Laila começava a se despedir das suas telas e desenhos — embora o que mais lhe doesse fosse a iminência de esquecer uma obra de Vermeer, Rembrandt ou Velázquez. Nenhum aluno tinha condições de sondar aquele sofrimento, e ela não tentou dividi-lo com ninguém, muito menos com o terapeuta que os pais lhe agendaram, praticamente à força. Também no curso de artes, nenhum colega adivinhou seus medos — apesar de serem medos recorrentes em quem estudava pintura e dependia, de maneira tão essencial, da visão.

Pierre não lhe disse o que pensava, mas quando Laila se calou, um segundo antes de ele se levantar para buscar algo na estante, sobreveio a pinçada no estômago — como no instante em que os jurados anunciam um prêmio e se pode ouvir o próprio nome, pronunciado num tipo de milagre. Laila não teve tempo de formular para si mesma o que na verdade esperava de Pierre, que atitude ou gesto. É provável que o desejo lhe reconstruísse, numa dimensão paralela, a chance de o rapaz voltar com algum livro de imagens para mostrar os quadros que ela queria memorizar. Ele diria, apontando cada imagem: "Veja esta" — e Laila, súbita aluna de um homem que não possuía qualquer habilidade com pincéis, obedeceria. Se fixasse cada detalhe, converteria para o cérebro a pintura, criando uma cópia interna, permanente.

Pierre, entretanto, voltou segurando um objeto de madeira feito de contorções, como um relâmpago. Entregou-o para que ela o segurasse, enquanto lhe contava sobre o avô. Laila escutou a história, longa o suficiente para transportá-la e fazê-la se esquecer dos problemas. Achou a ideia do mapa curiosa e poética; até riu quando Pierre passou a brincar, num jogo de adivinhas, sobre como seria a alma de certas pessoas famosas. A tarde passou sem que eles voltassem a falar da doença, e Laila despediu-se aliviada por saber que ao menos uma vez sua notícia não desencadeara o velho padrão de angústia.

Houve, porém, um momento — quando estava guardando os papéis e Pierre veio com uma xícara de café, pedindo que tornassem a se encontrar. Laila iria repensar a forma como ele segurou sua mão em torno da xícara, conduzindo-lhe os dedos como se ela já não pudesse ver. E também, sob tal perspectiva, a história do avô poderia ser uma delicada sugestão: afinal, fazê-la segurar o estranho mapa não era um convite para que ela passasse a esculpir? Não existia nada de especialmente ofensivo no comportamento de Pierre — mas Laila andava farta de gestos piedosos, e odiou a hipótese. Lembrava a si própria que não tinha verbalizado qualquer promessa; logo, não seria mentirosa se nunca mais se encontrasse com ele.

Pierre

Se os amantes pudessem recordar as ideias que tiveram um do outro nos primeiros contatos, provavelmente ficariam espantados com o desprezo inicial, até mesmo o nojo, uma recusa prévia por alguém que adiante se fará indispensável. O processo da conquista torna a maioria das pessoas incoerente — e se houvesse uma gaveta, um local para condensar o abstrato, Laila teria depositado ali as maldições que dedicara a Pierre, a seus conselhos escorregadios, que ela (mil vezes estúpida!) só havia percebido em sua real dimensão horas mais tarde. Ele, por sua vez, teria guardado na caixa as lágrimas que não liberou diante de Laila. Começava a se ver como um tipo de herói, na disposição de salvar uma cega ou ao menos transformar-lhe a vida, embora no fundo (numa dimensão embrionária de pensamento) soubesse que estava disposto àquilo por uma vantagem: Laila, sem enxergar, não poderia julgá-lo por sua feiura.

Pierre olhava-se no espelho e via um crânio afilado, tão estreito que as orelhas saltavam como dispositivos estranhos no cabelo ralo. O nariz não era um primor de sutileza, mas ele odiava sobretudo as pálpebras, sempre inchadas como duas membranas convexas. Muito alto e desengonçado, somava-se a isso a vergonha que ele sentia das próprias mãos. Por esse motivo, estava para desistir das aulas de pintura quando Laila anunciou que encerrava as lições. Ele não suportaria mais segurar um pincel, espremer o tubo de tinta, criar manchas — tudo enquanto Laila reparava nos seus dedos intermináveis, concentrava-se neles de maneira ávida. Devia ter buscado algo relativo a música (se não precisasse tocar nenhum instrumento), contemplação de pássaros, ciclismo — qualquer coisa que não pusesse em evidência seu maior ponto de esquisitice.

Curiosamente, naquela noite (e ao longo de várias em seguida) Pierre não refletiu sobre a habilidade que os cegos adquirem em relação ao tato. Não lhe passou pela cabeça que Laila talvez notasse bem mais a extensão de seus dedos, ou a umidade de suas mãos, quando deixasse de enxergar. Por enquanto, ele permanecia no esquema visual. Ainda que tivesse mostrado o mapa esculpido do avô, no íntimo descartava a hipótese de que cegos pudessem viajar e desfrutar disso. Se não viam rostos ou paisagens, essa camada do mundo ficava proibida, sem meios equivalentes para alcançá-la.

Depois o tempo iria dispersar essas impressões para substituí-las por outras, piores ou melhores, a depender da perspectiva. Sem recipientes que preservassem suas ideias, tanto Pierre quanto Laila sentiriam que pisavam em territórios confusos. Entretanto, desde que os incômodos permanecessem vagos e silenciosos, não existia razão para embaraços. Ninguém lhes cobraria sensatez, se faltava um registro das oscilações emotivas. Não havia quem os observasse, e eles próprios deixavam-se arrastar pelos fatos da vida e mudavam de veredito conforme as circunstâncias.

Foi assim que no dia seguinte Pierre e Laila tornaram a se

encontrar. Não houve oportunidade para ela ativar um plano de afastamento. Pierre surgiu na universidade, ao pé da escadaria que levava ao curso de artes, no meio do zum-zum de alunos cabeludos com pastas na mão — sem falar nos demais objetos que transportavam: esculturas, baldes com tinta, chapas de alumínio, pedaços de madeira, goivas, canetas das mais diversas espécies. O frenesi se adensava devido à montagem de uma exposição. Laila não estava participando com nenhuma obra, por isso saía cedo. Em contrapartida, os outros alunos pareciam chegar naquela hora, todos alvoroçados pela expectativa de pendurar os trabalhos, compô-los como num desfile estático de monstrinhos.

Pierre evitou pedir informações, por medo de que lhe rissem na cara. Estava certo de que os alunos seriam perfeitamente capazes de fazer algo do tipo; deviam ser uns artistas malucos ou drogados. Ele precisava procurar um guarda ou funcionário, para saber como chegar à sala correta. Mas ao redor não parecia haver alguém que trabalhasse ali — e Pierre rastreava as pessoas com um olhar discreto. Na segunda tentativa de "varredura" do grupo de estudantes, numa observação rápida identificou Laila, vários metros distante, no alto de uma escadaria. Tinha movimentos de descida cuidadosos, mas não muito lentos. Apoiava-se no corrimão, e parecia também segurar-se na bolsa de pano que levava quase murcha, atravessada numa faixa pelo corpo.

Quando o viu, ele se encontrava praticamente debaixo do seu nariz, sorrindo com dentões desfocados. Ela piscou repetidas vezes para entender aquele rosto e, a partir daí, cumprimentá-lo com frieza. Ele não percebeu a evasiva; quis ajudá-la com os últimos degraus, segurando-lhe o braço. Ainda que Laila tivesse pensado em desprender-se num puxão, achou que seria grosseiro — outros colegas já tinham feito o mesmo, quando ela descia ou subia escadas, ou queria atravessar a avenida até a parada de ônibus. Ela se calava, fingindo que o gesto era uma cortesia.

Em breve, porém, teria real necessidade de ajuda — portanto, melhor não afastar as pessoas, não armar escândalos, sobretudo ali, no meio de gente conhecida. E apressou o passo, porque se tornava urgente que levasse Pierre embora, para que ninguém pensasse que era seu namorado.

Pararam num café a dois quarteirões da universidade. Pierre falou sobre assuntos internacionais, desfiando notícias dos jornais da manhã. Era a sua forma de esconder a ansiedade e fingir que estava conversando. Laila continuava muda, a não ser por um ou dois "hum-hum" no intervalo de quinze minutos. Olhava uma gravura na parede rosada, em frente: o cartaz de uma pinup dos anos 50. Uma mulher de cabelos curtos e coxas roliças em meias de seda posava na garupa de uma motocicleta, levantando o saiote enquanto com a outra mão segurava uma cigarrilha do tamanho de um lápis. Pierre incomodou-se com a visão concentrada de Laila, mas imediatamente pensou que talvez não fosse aquilo que ela estivesse enxergando; pode ser que visse borrões, sombras curiosas que, como artista, tinha condições de apreciar. Porém, no instante em que ele formulava a ideia, Laila desviou a vista para o tampo da mesa, com um suspiro de enfado. Pierre continuava com a Itália e seus recentes acontecimentos políticos — o que foi um gatilho para ela recordar um colega de curso, Bent.

"Ele adotou esse nome, porque na verdade se chama Benedito", disse. Sua voz conteve a ironia, mas Pierre percebeu o quanto ela considerava ridículo que se usasse um apelido estrangeirado. Sentiu-se aquecer de vergonha pelo próprio nome e, ainda que não tivesse sido uma escolha sua, mas de seus pais, culpou-se pela associação que de imediato lhe punha uma boina atravessada na cabeça e, quem sabe, um cachecol xadrez no pescoço. Laila, entretanto, prosseguia falando de Bent. Em recente viagem à Itália, ao invés de aprender com os museus, os monumentos e exemplos de arte clássica, o coleguinha desprezara as "ruínas inúteis" para se fixar na Bienal. "Não que isso seja ruim" — apressou-se Laila. — "Mas o idiota fez questão de só ver o lixo que se expôs em Veneza e voltou aclamando o gênio de medíocres iguais a ele."

Pierre calou, paralisado com a fúria que se esboçava. Houve um hiato para a garçonete servir as bebidas, e em seguida Laila retomou o fluxo dos desabafos. Bent era um herdeiro de empresários, um riquinho que brincava de artista. Sem nada para conquistar em matéria de dinheiro, queria fama e originalidade, divulgando o seu nome de uma única sílaba. "O mundo está cheio de gente que inventa escândalo ou polêmica. Como não sabem explicar o que estão fazendo, dizem que é arte", ela completou, olhando de novo intensamente para o quadro da pinup. Pierre tinha bebido todo o seu café e achou pertinente dizer algo, ou ao menos perguntar detalhes. Indagou sobre os lixos que Bent vira na Bienal, porque os jornais não haviam noticiado. "Não valia uma notícia", Laila garantiu, enquanto ele balançava a cabeça, concordando. "Mas se você quer saber" — ela disse, e Pierre continuou no mesmo ritmo, embora um segundo depois tenha feito uma pausa brusca. — "O Bent só falou em experiências bizarras, envolvendo dois mil pombos empalhados, ou performances de sodomia em praça pública, ou dançarinos vestidos em cascas de árvores, com ninhos de pássaro usados como chapéus…"

Ele estava sinceramente pasmo. Enquanto Laila dava mais exemplos, sentia a boca cair como a de uma criança ofuscada. Mas de repente a moça começou a tomar sua bebida; ele recebeu o silêncio como se fosse uma bolha espocando debaixo d'água. Disse: "Que terrível", sem estar bem certo do que fazia — e então, antes de pensar direito nas palavras, garantiu a Laila que jamais veriam nada parecido, quando um dia fossem à Itália. Disse *quando*, não *se*, e Laila riu, misturando ironia com felicidade. Ela se viu enlaçando a xícara da maneira com que Pierre conduziu seus dedos, para firmá-los em torno da louça quente, uma noite atrás. Ela agora repetia o movimento — sem deixar de enxergar as próprias mãos (duas manchas de carne afiladas, sobre o tampo da mesa), mas forçando os dedos de uma a tocar os da outra. Poderia segurar com uma mão apenas — mas, para levantar a xícara sem correr riscos, preferia agarrá-la daquele jeito.

Laila continuou rindo, com alegria autêntica pela menção à viagem e também com o afeto súbito que ganhava Pierre. Ele não sabia, mas estava perdoado de suas intenções protetoras.

A viagem

A primeira viagem que Laila fez com Pierre não foi para a Itália, mas para uma cidadezinha praiana onde a família dele o aguardava no feriado de Natal. Era a ocasião para que a moça fosse *apresentada*, mas nenhum dos dois havia falado nisso. Estavam juntos há semanas, com a troca de uns beijos fracos. Pierre insistia mentalmente que não era mais um adolescente nervoso; tinha vinte e cinco anos, trabalhava, morava sozinho e podia convidar Laila para dormir com ele. Ela, um pouco mais velha, não se espantaria com a proposta. Mas a maldita expectativa quanto ao "momento ideal" para o sexo atrasava seus planos. Sempre que encontrava Laila, parecia ver um rosto neutro, sem vibração de desejo: uma postura como a daqueles deuses indianos de pele azul e olhos amendoados, paralisados no gesto ritualístico.

Talvez ela não considerasse que estavam namorando — Pierre pensou. Seria comum, no meio artístico, que as pessoas trocassem beijos sem maiores intenções? Era necessário conversar, mas Pierre nunca se sentia confortável para insinuar o tema, e Laila também não se mostrava interessada em esclarecer coisa alguma. Permanecia tranquila, puxando assuntos triviais, nas vezes em que se viram. Na despedida, beijavam-se, e por duas ocasiões Pierre a levou de carro, sem que ela o tivesse chamado para subir ao apartamento e conhecer seus pais.

Agora as festas em Paracuru seriam uma estratégia excelente — ele calculava, enquanto dirigia pela estrada. Embora a casa dos parentes não fosse o melhor ambiente romântico, serviria para aproximá-los. A mãe de Pierre colocaria Laila no quarto de hóspedes — mas na segunda noite ele bateria em sua porta. As aparências seriam mantidas, e a atmosfera de uma cidade interiorana poderia ter seu charme. Pierre imaginava que a mãe, ciumenta e antipática com as mocinhas que lhe pudessem fisgar o filho único, estranharia Laila e seu olhar absorto. O pai seria mais compreensivo; apenas com ele falaria sobre a doença, pedindo segredo. A mãe não devia saber que ele se apaixonara por uma inválida, ao menos não naquele momento.

Laila aceitara o convite com uma afirmativa discreta mas imediata. Nem cogitou recusar um Natal longe de sua família. Estava saturada de vitimização e não suportava a perspectiva de ouvir os tradicionais sininhos para o jantar. Alguém pensaria nela tendo de segurar uma espécie de badalo ou cajado tosco, para anunciar que vinha, que lhe dessem passagem. Em poucos meses andaria trêmula, escorregando no mundo como se descesse para dentro de uma caverna. No próximo Natal não veria os enfeites nas ruas, o desperdício de luzes escorrendo das árvores, os pingentes na varanda de prédios — e na outra semana estaria inapta para os fogos de artifício explodindo como estrelas ou arabescos serpenteados, o turbilhão por dez minutos no céu, anunciando um calendário.

A caminho da praia, Laila sentia o vento agressivo pela janela do carro despenteá-la furiosamente, sem, no entanto, refrescar. Ainda assim, com o calor escaldante, aquela era uma nova experiência — e ela se dispunha a esticar todas as possibilidades, não por um ato de heroísmo ou superação, ou algum termo imbecil que circulasse por histórias de deficientes enfrentando obstáculos. Somente vivia uma voracidade, um tipo de fome raivosa. Desde o diagnóstico, ou até antes (porque não precisou de médico para perceber o que seu corpo avisava), Laila passou a ofender interiormente as pessoas que conhecia, embora nunca chegasse a verbalizar nada. Ninguém escapou, nem ela própria, que se criticou sob várias perspectivas, convencida de ser medíocre e fracassada. Odiou-se quase tanto quanto os outros, seus parentes, vizinhos ou colegas, indivíduos que eram simples acúmulos de células, sem contribuição para o mundo.

Pierre também não escapava. Apesar de ter sobreposto à raiva um pouco de ternura desde o encontro no café, Laila continuava se irritando com a sensação de que ele seria tão mesquinho quanto qualquer um. É verdade, porém, que ainda conseguia usá-lo para se distrair de sua revolta. Durante a viagem escutaram músicas que fizeram milagres no seu ânimo — e as piadas que Pierre contou não eram de todo más. Desse modo, quando ambos desceram do carro em frente à pracinha de Paracuru, estavam sinceramente felizes. Laila aceitou que Pierre pusesse o braço em torno de sua cintura. Caminharam até a igreja, atravessando os coágulos fulminantes de luz que se alternavam com as sombras das árvores, plantadas em cercadinhos ao longo de toda a calçada.

O boneco

Mais tarde, depois de vencerem o ritual das apresentações familiares, Laila e Pierre voltaram à igreja. Era uma construção moderna demais para a pequena comunidade, com as estações da via-sacra em peças de tapeçaria. Laila ficou observando de perto aquelas silhuetas toscas e achatadas, de aparência rupestre. Havia um cão deitado ao lado da placa que anunciava o aniversário dos dizimistas. Pierre esperou, encostado numa coluna. A conversa com os pais não tinha sido problemática, afinal. A mãe fizera um esforço admirável para sorrir, oferecendo café e bolo. O pai puxara assuntos inocentes, sobre o clima e as condições da estrada. Laila respondera bem à disfarçada entrevista, quando estavam nas cadeiras de balanço, olhando através da porta aberta que dava para a rua. Sua vista enfumaçava a paisagem luminosa, e ela falava sobre o curso de artes, sobre seus passatempos e gostos, quase sem se mexer. A mãe de Pierre considerou a moça "um pouco estranha", nos comentários cochichados com uma vizinha que tinha acabado de entrar. As duas foram confabular

30

no quarto dos fundos, enquanto Pierre sentia um relaxamento súbito, com a sensação de que o pior havia passado. O pai se balançava na cadeira, comentando o campeonato de jogos municipais.

Quando saíram da igreja, encontraram a praça refrescada do calor e cheia de gente que chegava para a missa. Laila quis se sentar num banco estratégico, posicionado em frente ao burburinho dos quiosques. As crianças compravam sorvete e pastel, doces ou refrigerantes. Saíam comendo e espiando o produto dos camelôs. Os ambulantes ofereciam mercadorias idênticas — comentou Pierre — porque pertenciam à mesma família. Laila pediu a descrição dos objetos, e o rapaz enumerou cores e modelos de lanternas, apitos, balões e caleidoscópios. Havia também chaveiros, ioiôs, bonecos e bichos infláveis, petecas e carrinhos. E adiante estava uma menina loura, preparando algodão-doce. "Ela é a caçula e já começou no ofício", disse Pierre. Laila fixou-se no rosto da menina e quis se aproximar para vê-la melhor: "Vou comprar um", afirmou.

Tinha se levantado com tanta brusquidão que Pierre foi deixado para trás. A menina deve ter se assustado com aquela moça subitamente aparecida. Viu a forma com que ela tocou no vidro da máquina para espiar lá dentro a bacia de alumínio, a ronronar com o açúcar em círculos. Laila não disse uma palavra, enquanto a garota enrolava por várias vezes a espuma num palito. Falou apenas "obrigada" num murmúrio pouco audível, ao receber sua escultura porosa. A menina então disse o preço, e Laila teve um sobressalto, seguido por um riso. Acenou na direção de Pierre: "Você tem moedas?". O rapaz se levantou, pondo a mão no bolso da calça. A menina caminhou até ele; Laila percebeu que ela mancava.

Ainda pensava na criança, quando se aproximou do espaço reservado para a decoração natalina. Enfiava na boca grandes tufos rosados, sem oferecer a Pierre. Para disfarçar o constrangimento, ele comentou que ela mastigava algo parecido com neve falsa. E realmente todo o piso, naquele cercadinho montado na praça, estava coberto por algodão desfiado. No instante em que os dois pararam para olhar as réplicas de rena feitas em papel machê, o Papai Noel desabou, caindo de cara no chão. Era um boneco vermelho e barrigudo, com a tradicional barba encrespada, o sininho e o gorro. Ficara mexendo um braço e a perna oposta, dobrando o pescoço ao som da gravação de "ho-ho-ho" — mas um vento o projetou para a frente, e agora ele parecia se afogar entre os flocos brancos.

Algumas crianças tentaram pular o cercado para salvar o Papai Noel; outras gritavam, chamando os pais para que vissem a novidade. Laila assistia a tudo com um ar animado e logo passou o resto do algodão-doce, murcho e escurecido, para Pierre. Ele comeu um pouco, enquanto ela limpava os dedos no vestido. Viram chegar, do canto direito da praça, três policiais quase correndo. Eles rodearam o boneco, tentando mantê-lo firme. Conseguiram ajustar a cabeça no pescoço, após uma breve luta com as molas, mas a estrutura tinha quebrado. O Papai Noel não se sustentava, queria a todo minuto arremessar-se de novo, e duas crianças já choravam de susto. Foi assim que os policiais, em nome da paz pública, decidiram guardar o brinquedo gigante. Alguém depois teve a ideia de trazer um cacto e vesti-lo com os acessórios: bigode, óculos, barba. Afora o detalhe de não poder ser abraçada, a planta (com o tamanho de um homem) agradou muito mais que o pinheiro falso. Era um Papai Noel verde, ecológico, disseram os politicamente engajados.

Laila, porém, àquela altura sentia-se de novo raivosa. Pierre atribuía seu humor ao cansaço da hora e evitava falar. Mas ela insistiu, disse que a história com o boneco lhe recordava a premiação de Bent — com toda a irritação que isso causava.

"Evidente" — Laila dizia — "que o prêmio foi uma farsa." A exposição de final de ano costumava eleger um trabalho, com professores entregando a medalha, o certificado e um cheque que "dava para fazer a feira por uns bons meses", segundo ela. Bent participara com um objeto típico de seu temperamento preguiçoso. "Uma dessas obras em que ninguém põe a mão na massa. O cara faz uma interferência aqui, ali e depois afirma que é conceitual" — suspirava Laila, batendo os pés com ruído, na calçada. "A verdade é que ele não tem talento para desenho, escultura ou qualquer coisa, então se salva aproveitando objetos da realidade", completou. A arte exigia fronteiras de criação com o irreal, necessárias e urgentes para pessoas como Laila — pensou Pierre. Preferiu, no entanto, formular uma pergunta completamente distinta da que lhe ocorreu: "E o que foi que ele expôs, afinal?".

"Um arranhador para gatos em forma de torre, com intervenções fotográficas."

O arranhador devia ter sido usado por um bando de felinos furiosos, pois tinha a parte inferior destruída, restando só uns fiapos cor de areia. Na parte de cima, toda nua, foram coladas fotografias do início do século. Como os retratos acompanhavam a tonalidade marrom e sépia, a obra inteira parecia uma instalação franciscana — e obviamente inútil — a distância. De perto, eram apenas fotografias coladas num arranhador, que o artista fez questão de ressaltar (no discurso de agradecimento pelo prêmio) como uma peça autêntica. Quem duvidasse podia ver, na base, os pedaços de unhas de gato.

Pierre estava rindo no escuro, enquanto Laila contava os detalhes. A obra lhe parecia divertida exatamente pela falta de propósito. Mas agora chegavam à porta de casa. Pierre buscou a trava do portãozinho azulado e tratou de assumir uma feição séria. Laila tinha o rosto duro, com uma ruga entre as sobrancelhas. Ela mal percebeu que a mãe de Pierre vinha pelo corredor da casa, vestida num camisolão branco; manteve a fisionomia carrancuda até que a mulher estivesse bem perto. Então, numa espécie de pulo, Laila pareceu despertar. Deu boa-noite e seguiu para o quarto de hóspedes. Um segundo depois, a mãe de Pierre puxou o filho pela ponta da camisa, para perguntar se eles haviam brigado em plena véspera de Natal.

O nado

Laila perdia a conta das horas na piscina. Nadar era o único exercício que realmente apreciava e, embora negasse que tal gosto tenha surgido somente após o avanço da retinopatia, no íntimo ela se apavorava com a hipótese de montar num cavalo (como faziam os outros cegos do Centro de Terapias) ou dançar. Dentro da água, não se sentia desamparada nem solta no espaço: parecia, portanto, sua atividade ideal.

Apesar disso, ninguém poderia dizer que ela tivesse medo de cair, perder o equilíbrio ao andar. Pierre elogiava sua postura elegante, sem bengala que tocasse o chão à frente como um pêndulo. Ela não avançava como os outros deficientes, averiguando o mundo com a boca e os olhos abertos, numa expressão vazia. Laila sempre estava de óculos escuros, o que lhe acrescentava um aspecto sóbrio. Inclusive na piscina usava a proteção: compreensível, porque afinal o cloro irrita os olhos, quer eles enxerguem ou não. Mas só ela sabia o quanto — na lenta marcha rumo ao profundo — conseguia aproveitar os filtros coloridos

dos diversos modelos de óculos aquáticos. Conforme as lentes fossem amarelas ou lilases, ela percebia, no abismo ladrilhado, figuras esguias ou contorcidas, fantasmas a desaparecer no correr dos meses, rodeando-se de borrões.

Depois que ficou de todo cega, Laila passou a nadar ainda mais. A piscina representava um local seguro, com a água a envolvê-la como se criasse uma nova pele, um manto gelatinoso. Enquanto flutuava, ela talvez pensasse nos peixes que durante a infância viu serem pescados. O seu pai tinha esse hábito terrível, de sair para pescarias nos fins de semana. Ia acompanhado de amigos com os carros lotados de gente levando cerveja no isopor, toalhas felpudas que se estendiam no chão pedregoso e rádios interminavelmente ligados. Ao chegarem à beira do lago, encontravam outras famílias idênticas, vestidas no feitio calorento-esportivo. As mulheres, muito gordas, espremiam-se em bermudas cáqui. Usavam camisa amarrada com um nó acima do umbigo e o tempo todo se abaixavam para pegar brinquedos perdidos ou levantar um filho da grama. Uma das primeiras memórias que Laila tem é justamente a de um traseiro bege, exposto na sua frente, bloqueando a paisagem. Lembra-se de ficar olhando para aquelas duas fatias redondas, enquanto a mãe tentava distraí-la: "Não olhe assim para a tia, que é feio!". Nas imediações alguém começava a rir, e de repente a dona do traseiro se virava, com o rosto vermelhíssimo, para encarar Laila como se, aos dois anos de idade, ela tivesse feito uma piada pornográfica.

Aos oito anos ela conseguiu convencer o pai a não levá-la para os passeios — e isso à custa de infinitas sessões de choro, a cada vez que via o balde cheio de peixes. Laila antes experimentara salvar os animais, jogando miúdas pedrinhas na água para assustá-los, ou gritando de surpresa por trás dos adultos. Mas tais estratégias foram raras: seu pai não perdia tempo, e imediatamente lhe aplicava umas palmadas. Laila cansou de

inventar planos mirabolantes; conformou-se em esperar sentada, com ódio, ao lado de um menino chamado Sávio. Ele era
filho de alguma das mulheres obesas, Laila não sabia direito de
quem. Ao contrário dos demais garotos, Sávio não suportava
participar da pescaria. Todas as crianças que fossem sensíveis à
matança dos peixes acabavam sendo discriminadas pelas outras,
durante aqueles fins de semana. Era comum que até as meninas
pescassem, pelo prazer de sair correndo atrás de Laila e Sávio,
tentando jogar em cima deles as criaturas prateadas que ainda se
contorciam, presas por um fio.

Os dois rejeitados terminaram por se unir. Deviam ter a
mesma idade, porém Laila parecia mais desenvolvida. Sávio era
franzino, com um rosto triste e envelhecido. Sentava-se silencioso, com as mãos sobre os joelhos, e ela o acompanhava na atitude. Durante horas ficavam ali, num esconderijo de pedras altas.
Pareciam meditar a sua raiva, sem desviar a atenção do grupo de
adultos e crianças em torno de anzóis, linhas de pesca e varas.
Cumpriram a penitência por três domingos, até a mãe de Laila
descobrir onde ela se escondia. Naquela noite, a menina teve de
dormir com toalhas úmidas sobre o corpo. Tamanha exposição
ao sol escaldara-lhe braços e pernas. O rosto tinha sido poupado,
graças ao chapeuzinho que ela gostava de usar — mas, enquanto
sentia-se como uma brasa recém-tirada do fogo, Laila pensava
em Sávio. Ele não usava proteção alguma, e a cada fim de semana parecia mais corado. Juntos, haviam combinado estender a
permanência nas pedras ao máximo. Se fossem dedicados, com
o poder do pensamento evitariam a morte dos peixes. Bastava
que ficassem mudos, de olhar fixo, e nenhum seria pescado.

Sávio, agora adulto, já teria se desiludido tanto quanto Laila?
Ela nem chegara a se despedir, quando foi encontrada pela mãe
e teve de segui-la. Não se virou para trás, adivinhando o menino a
permanecer entre as pedras, muito mais constante do que ela, no

sacrifício. Sempre se lembrava dele ao nadar, numa consequência óbvia da memória em relação às pescarias — mas certamente não imaginava o que estava fazendo. Pois duas vezes por semana, na piscina, Laila evocava a presença de Sávio, e embora vários anos tivessem se passado, para as dimensões cósmicas isso não fazia diferença. Uma insistência equivale a um desejo: à custa de lembrar-se do passado, Laila atraiu a materialização dele.

Inicialmente, apenas achou que certo garoto da natação lhe recordava o antigo companheiro por ser magro e doentio. Costumava falar com a criança nos intervalos dos exercícios. Eles dividiam o horário, e a instrutora estimulava aquele convívio, ao mesmo tempo em que conduzia, na água, o corpinho frágil do menino paralítico. Laila fazia pausas quando atingia a borda da piscina, para aguardar a chegada deles. Sorria na direção do chapinhar, que sentia se aproximando; não podia saber se o menino também estava sorrindo, e talvez fosse bom, porque na maioria das vezes ele se mantinha tristíssimo, espalhando os membros finos como se fosse uma aranha. A instrutora, entretanto, mantinha o ânimo: "Vamos alcançar a Laila, vamos, Mauro!". O garoto não respondia e só abriu a boca muitas semanas depois. Esperava enxuto, num roupão largo, na saída do Centro de Terapias. Laila vinha com uma sacola e, de passagem, esbarrou no menino. Com o desequilíbrio que o impacto causou, ela se segurou na cadeira de rodas — e ouviu, vinda de baixo, uma voz fina perguntando: "O que você tem?".

Laila adivinhou que ali estava Mauro, embora houvesse uma dúzia de crianças paraplégicas frequentando o Centro. "Eu não enxergo", disse, e num instante o menino passou a observá-la com assombro. Quis saber como era, e em troca falou sobre a paralisia como se fizesse confissões a uma agente secreta. Depois de alguns dias estavam íntimos a ponto de Laila empurrar Mauro na cadeira de rodas, enquanto ele instruía: "Continue em frente; cuidado com o degrau; vem uma pessoa, pare!". Divertia-se como o motorista de um carrinho motorizado, e Laila também se alegrava. Ela havia comentado com Pierre que não se lembrava de ter tido um amigo tão valioso quanto o menino. Aos poucos, sobrepunha a memória de Sávio por um novo componente de afeto ligado à água — mas a ironia é que, sem suspeitar, Laila se aproximava do antigo colega. Pressentiu aquilo no dia em que Mauro a procurou com um tom desconfiado. Ele a fitou como se ela escondesse segredos maldosos — e esteve a ponto de lhe cuspir em cima para mostrar todo o seu ressentimento, quando ela não respondeu logo depois que ele afirmou: "Meu pai disse que conhece você".

Nem passou pela cabeça de Laila fazer a pergunta "Quem é seu pai?". Sentiu-se tonta, abrindo os olhos e a boca, agora uma cega típica, daquelas estereotipadas, que Pierre esperava que ela jamais se tornasse. Foi estendendo a mão; tocou o espaldar da cadeira de rodas, recuou o movimento e achou os cabelos do menino. Veio caminhando com os dedos pela linha da testa; a outra mão se uniu à primeira, e as duas tocaram os lados do rosto, como se modelassem as faces do garoto pelo nariz afilado, os pômulos ossudos, os lábios quase inexistentes. "Sávio", disse ela, retrocedendo. O menino já não estava zangado. Sorriu como se tivesse visto um número de magia e ficou perguntando: "Como é que você sabe?".

O afogamento

Laila nunca experimentou nadar em lagos, rios ou mares. Jamais conseguiria mergulhar num local habitado por seres. Imaginava-se como um corpo invadindo o sossego submerso, criando fluxos, ritmos violentos na massa líquida — assim feito um estrangeiro que chega e perturba, com os sons incompreensíveis de uma nova língua. Quando suas amigas lhe contavam da experiência de nadar em arrecifes, ainda na época em que ela enxergava e podia ver as fotos, cheias de paisagens com verde e azul, Laila pensava no que existia sob a película em que imergiam os joelhos das garotas, posando para a câmera com uma fração do corpo escondida em outro mundo. Houve uma que lhe mostrou um retrato submarino, com o rosto por trás de uma máscara gigantesca e os lábios em torno de um tubo a desaparecer nas costas, como um cordão umbilical às avessas. Ao lado, estavam peixes multicolores, pingando imóveis. O gesto da garota, um "V" formado com os dedos indicador e médio, ilustrava um sinalzinho vulgar de paz e amor ou tudo bem — uma imbecilidade profana, como se o tal "V" surgisse na pose dentro de uma igreja, ou no alto de uma montanha sagrada.

Seria óbvio que Laila sentisse um impulso de recusa quando Sávio convidou para o piquenique seguido de mergulho no lago — mas não conseguiu se expressar. Tinha acabado de reencontrá-lo oficialmente, num restaurante em que também estavam Mauro e Pierre, sentados um de frente para o outro como os contrapesos de dois lados. Mauro começou a gritar: "Vamos, vamos!", com a máxima empolgação, e Pierre disse que seria boa ideia. A balança pendeu a favor do passeio, não restou saída. Laila concordou — e fugiu do assunto, na esperança de que ao fim do encontro a proposta tivesse sido esquecida.

Porém Sávio telefonou na véspera do piquenique para lembrar o horário. E Pierre atendeu, confirmando sorridente a programação. Laila fazia colagens; há dias experimentava um novo tipo de arte, ou ao menos uma distração. Mandava reproduzir pinturas de naturezas-mortas, sobretudo flores. Sempre obras famosas: Monet, Rembrandt, Van Gogh — em reproduções da melhor qualidade. Pierre buscava o material na fotocopiadora, assegurando-se das cores fiéis, que comparava com o modelo de livros e catálogos. Trazia para casa cópias do tamanho de pôsteres, e tinha até pena de ver como Laila se punha a destroçá-las, recortando aleatoriamente pedaços do centro dos quadros. Ao final, restavam no chão peças angulosas de papel, fragmentos de rosas e vasos, nenhum desenho com todos os seus limites. Havia uma ruptura em meio a qualquer pétala, ou um corte repentino na extremidade de uma folha, mas apesar disso a figura ainda era reconhecível. O trabalho de recorte parecia tosco, entretanto a combinação que depois surgia estranhamente se impregnava de harmonia.

Laila preparava a tela com um banho aquarelado, pincelando a superfície em cores claras, azul ou esmeralda. Não tinha a intenção de formar uma imagem ou *pintar* de maneira artística; passava o pincel como se aplicasse verniz, sem maiores cuidados. A colagem, que vinha em seguida, é que guardava o gesto decisivo. Uma questão de espalhar os fragmentos com uma geometria única, para que não ficassem amontoados ou dispersos e, ao mesmo tempo, conservassem uma ideia caótica. Ela estava reorganizando uns girassóis de Van Gogh quando Pierre atendeu o telefone. Parou, com os dedos grudentos de cola, escutando as respostas que ele dava: "Sim, é claro", "Com certeza", "Pode deixar". Sentiu-se pinçada nos nervos, irritada como se lhe puxassem o cabelo — mas não sabia o motivo exato. Talvez porque Pierre fosse tão solícito? Imediatamente se pusera íntimo de Sávio, como se Laila resgatasse um parceiro de infância. Ele nada sabia do convívio que os dois tiveram: poucas ocasiões debaixo de um sol tórrido, compartilhando um idêntico horror a pescarias. Era o suficiente para se transformarem em cúmplices por toda a vida? Nem Laila sabia como se lembrava de Sávio e, quando pronunciara o nome dele para Mauro, fizera aquilo como se arriscasse uma resposta que milagrosamente provou ser correta. Depois Sávio tinha aparecido no Centro de Terapias, e houve a coincidência de Pierre estar chegando para buscá-la. Em cinco minutos combinaram o jantar na sexta-feira, para agora, após uma semana, irem ao tal piquenique no lago!

Se o convite tinha como intenção resgatar o passado, Sávio era a pessoa que melhor calculava como essas recordações não seriam felizes. Laila formulou esse pensamento e se ergueu num pulo, os dedos endurecidos como se estivessem presos numa bandagem. Perdeu o equilíbrio e pisou, por engano, em cima da tela úmida. Pierre havia desligado o telefone e veio ajudá-la a tirar os recortes de flores grudados no pé. "Jogue tudo fora", ela disse, e saiu para lavar as mãos.

Seria um piquenique, afinal, não uma pescaria. De toda forma lembrava a época cheia de luzes e gritinhos de crianças em torno das mães atarefadas. Os pais congelados como estátuas, bonequinhos em frente ao espelho d'água feito de papel laminado: aqui e ali cestas com frutas e pães, suco, copinhos descartáveis sobre uma toalha. Laila recorda a maquete que preparou para a escola. Tirou nota máxima, representando "um fim de semana com a família" e ninguém suspeitou de suas intenções críticas com as figurinhas de modelar, os arbustos criados com palitos envoltos em tecido crespo esverdeado, a areia colhida do chão num daqueles domingos — e Sávio inclusive ajudara, segurando o recipiente (um vidro de goiabada vazio), enquanto Laila o enchia com pazadas de terra. Mais tarde ela iria se aplicar durante horas para compor a maquete, primeiro com terra aplainada em quase todo o espaço, mas deixando dois pontos a sobressair como dunas, um deles próximo ao conjunto de pedregulhos que Laila havia guardado e que, em tais proporções, junto aos bonequinhos-crianças, pareciam gigantescos.

Ninguém se preocupou em olhar sua paisagem com atenção. A professora interpretou a cena como um domingo feliz, sem julgar a pescaria, simbolizada por um palito colado às mãos do boneco-pai. Na extremidade, uma linha de costura mergulhava através de um furo no sinuoso papel laminado. Desaparecia, rígida, e debaixo havia a agulha que a enterrava no chão e atravessava a camada de areia para se fixar no fundo da maquete, como uma arma pontiaguda. Laila tinha pensado em criar um peixe trágico, de boca aberta e olhos absurdos. Tentara inúmeras vezes acertar o desenho, mas só produzia modelos óbvios e pequenos. Por fim, contentou-se com a linha de costura desaparecendo na água.

Ela também se sentiu assim; progressivamente, ao longo de meses, foi puxada para a escuridão. Tinha uma isca nos olhos, um fio invisível que lhe pinçava as pálpebras, num sono irresistível mas conturbado. Ela se debateu; sentia faltar o fôlego como se ele fosse feito de luz. Aos poucos, a luta de sombras começava, ia atravessando níveis cada vez mais rápidos; Laila já não estava no seu mundo, surgia em outro, arrebatada, colhida como se colhe uma flor: sem reparar que ela é um fragmento, deixou para trás raiz e caule. Não adiantava o esforço de reaver o que era sequestrado; Laila gritava por dentro, da mesma forma com que os peixes gritam — Água! — em seu doloroso silêncio.

Ela termina de enxugar as mãos e se apoia na parede, enquanto escuta Pierre, que se aproxima perguntando se está tudo bem. Pelo menos não precisa encará-lo; pode baixar o rosto e responder com murmúrios. Mas no último instante decide que cansou de ser vítima; ergue os ombros e sai caminhando de volta à sala, sem falar. Irá ao piquenique, em grande parte porque seria complicado explicar sua negativa — mas, por outro lado, sabe que aproveitará para fazer um tipo de investigação sobre Sávio. Não que ele valha a pena, diz a si mesma. Apenas agirá no sentido que parece ser a única saída possível de sua condição: viver de um jeito sôfrego, para esquecer que o espaço desapareceu.

Não há inocentes

Com a cegueira, perde-se o deslumbramento. A capacidade de se maravilhar depende da visão. Há quem diga que é possível ter experiências de encanto com a música, mas é algo diferente. A beleza melódica vem em sucessões, nunca repentina como o que se pode ver. Laila perdeu as ideias de inteireza e agora sabe do mundo apenas por fatias. Reconhece pedaços de um rosto, que monta num puzzle mental ativado por toques; detecta ambientes pela quantidade de passos entre uma porta e outra; identifica indivíduos por resquícios de voz, perfume ou temperatura. Nada se apresenta por completo, são máscaras que lhe chegam, trapos frouxos, enquanto os outros têm os vestidos prontos, as faces autênticas. Ela poderia mentir que está num território absolutamente estrangeiro, e sente que em pouco tempo acreditaria nisso, como nas vezes em que, criança, fechava os olhos dentro do seu quarto noturno para mentalizar que se deitava em outra cama, larga e enfeitada com dosséis, ou quem sabe com um grande mosquiteiro, finíssimo como um véu. Brincava de montar esse quarto de fantasia, pondo-lhe uma janela no lado oposto àquele em que a janela real ficava. No chão jogava um tapete com desenhos de fábulas, nas paredes pendurava quadros róseos, no teto um móbile feito com lascas de madeira que deixavam frestas entre uma parte e outra — arranjadas para projetar, com a luz vinda de fora, a sombra de um dinossauro.

Agora Laila se valia dessas hipóteses para fugir dos espaços triviais e das feições que já não podia entender completamente. A relativa segurança que aprendera, ao se mover contando passadas, ou sentindo a presença de obstáculos silenciosos, era uma espécie de intuição que ela conseguia desligar. Se estava, por exemplo, sentada numa cadeira bem firme, esquecia as diretrizes que a rodeavam, e fazia isso de propósito, como alguém que se deixa vendar e entrega a mão para que o conduzam em círculos, círculos cada vez mais rápidos. Ela se punha a desmontar territórios imaginários, traçando-os com novos formatos, numa arquitetura desvairada. Quando terminava o exercício, estava tão confusa que ficava difícil colocar-se de pé. Não sabia se a rampa que surgiria era uma de suas invenções ou um fato; esperava abrir portas onde havia muros, desviava de móveis inexistentes e seguia a trilha das paredes com os dedos para se surpreender com a lâmina gelada de um espelho.

Pierre, quando soube que Laila se confundia por simples diversão, aborreceu-se, e foi provavelmente a primeira vez que brigou com ela. Disse que ela poderia se machucar, quebrar alguma coisa — e, além disso, não havia graça em fingir-se desnorteada. Laila falou por entre dentes que não estava fingindo. Era bastante verdadeiro o seu desnorteio, não podia abrir os olhos para distinguir nada. Pierre insistiu nos argumentos, e ela se calou. Remoeu um pouco o fervor da raiva, pensando que não teria um minuto de paz se Pierre começasse a fiscalizá-la. Seria como uma alcoólatra perseguida por um moralista — e sorriu da comparação. Quando se levantava, tudo era vertiginoso e ondulante. Caminhava à maneira dos bêbados estremecidos, com uma imperícia frustrante nos movimentos. Para as pessoas de fora, podia ser vergonhoso ou triste, um vício a corrigir com sermões, remédio ou disciplina. Mas, para os bêbados e para Laila, a incerteza dos passos virava alegria. Longe das bengalas de apoio, dos braços duros que alguém lhe estendia como um corrimão de carne, Laila se lançava num mundo imprevisto.

Precisava, porém, adotar uma estratégia. Feito um viciado que esconde as preferências, devia burlar a vigilância de Pierre, fazê-lo esquecer aquele truque. Não adiantava se arrepender por ter falado a respeito: Laila já se chamara de estúpida por três vezes. Agora precisava evitar as consequências. Fingir, sim — aparentar tudo pacífico. Ela, uma cega que aprendia com eficácia a situar-se, tornar-se independente. Os jogos com espaços ficavam interditos, ao menos na companhia de Pierre. Quando estivesse sozinha, podia voltar aos exercícios — mas, por enquanto, tinha de se contentar com uma alternativa. Punha-se a inventar fisionomias a partir de vozes, criava pessoas caricatas ou circunspectas a partir de um timbre aflautado ou grosso. Era fácil fazer isso com a televisão ligada, pois a todo instante vinham entrevistas com anônimos. Entretanto, Laila preferia praticar com gente próxima, porque então comparava a fantasia com o real.

Funcionava assim: primeiro, ouvia uma longa conversa com certa pessoa, por tempo suficiente para se distrair. À medida que a dispersão se instalava, a voz se desligava dos componentes prévios, dos traços de reconhecimento que lhe vinham agregados, como se a camada sonora fosse escavada, deixada nua. Restava analisá-la, perceber as modulações macias ou esganiçadas na velocidade das palavras (que, a essa altura, perdiam o sentido e se emaranhavam), até construir um perfil ou temperamento. Pierre, o alvo inicial dessa experiência, estimulara uma boa diversão. Conforme ele falava sobre a vida do avô (que Laila pedia para ele recontar, mentindo que adorava ouvi-la), era possível concentrar-se nas sílabas, quase todas muito largas e expansivas, com o erre vibrante, exagerado. Pierre tinha uma voz de comerciante charlatão, e Laila montou em sua cabeça a figura: um sujeito com calças em risca, suspensório, camisa colorida, gravata de brechó. Riu-se da imagem, e quando ele perguntou qual a graça (pois estava narrando a morte do avô), foi preciso um espírito de improviso para guardar o segredo. Laila repentinamente jogou-se na direção de Pierre, que estava sentado a seu lado, na cama. Com o baque, ele caiu no chão, e ela pôde rir mais à vontade, no que ele riu também, esqueceu-se da história e subiu no colchão para abraçá-la.

A nudez

Talvez o erro naquele piquenique tenha sido usar os jogos mentais de imediato. Laila não deu a Sávio qualquer oportunidade de mostrar-se como socialmente era, ou pretendia ser: estava tão aborrecida pela obrigatoriedade do compromisso que passou ao exercício secreto como se agarrasse uma vingança apressada. Assim que sentou na toalha estendida na grama, esqueceu o ambiente real, imaginando a cena despojada num arremedo de Manet. Assumiu a posição da mulher nua em primeiro plano, com as pernas cruzadas e a mão direita segurando o queixo, o cotovelo apoiado no joelho. Em silêncio, ironizava a si própria e aos demais personagens — os cavalheiros, que não seriam barbudos nem elegantes, e a terceira figura no ponto de fuga, uma mulher catando flores, agora substituída por um menino aleijado mas quase com o mesmo porte, agachado e contorcido, procurando o chão.

Sávio e Pierre conversavam, sem notar a paródia do ambiente — e Laila começou a se irritar. Não podia conferir a posição dos homens, a cesta de frutas e pães derramada de seu conteúdo, ou a localização exata de Mauro. Sobretudo, a diferença principal era que não estava nua, nem conseguiria ficar. Pierre lhe impediria o gesto, quando tentasse se despir — e que justificativa ela daria? Queria mimetizar um quadro clássico, num piquenique moderno? Mas para que, e com que objetivo? Poderia mentir, pretextando um trabalho no curso de artes visuais, uma fotografia necessária para apresentar em exposição — e bastava que programassem a câmera na distância correta. Mas que distância era essa, ela não saberia dizer. Também não saberia corrigir a postura dos outros, dirigir a cena como um artista de estúdio; e o problema afinal não se resumia à cegueira. O problema é que nenhum dos outros seria sensível para compreender a ideia. Nenhum sequer apreciava arte para saber de que quadro ela estaria falando, se mencionasse o *Déjeuner*.

Chateada com os pensamentos que surgiam para logo desaparecerem pelas respostas que ela própria antecipava, Laila saiu da pose e sentou-se à maneira de um monge hindu. Mauro permanecia tão calado quanto ela, em algum lugar da grama. Apenas Sávio e Pierre tagarelavam, esquecidos da refeição dentro das cestas. Pierre era um camelô prepotente, citando as burocracias do seu ofício como se anunciasse ofertas. Ainda que em tom baixo, sua inflexão de voz disparava as palavras como projéteis de alta importância. Sávio, ao contrário, tinha outra modulação: Laila se concentrava nela. Um timbre frio e hesitante, com muitos segundos de pausa, ruídos de saliva mastigada. Sávio devia gesticular pouco — e isso, que uns podiam interpretar como timidez, para Laila soou como raiva contida.

Ele devia ser o tipo do homem de feições neutras; falava sem que se pudesse adivinhar o próximo assunto por um esgar da boca ou um tique no pescoço. Capaz de noticiar tragédias ou vitórias com idêntica expressão vocal, talvez seu rosto se compungisse, mas Laila não saberia. O que sabia ficava no perceptível: que sua voz vinha em fragmentos, mecânica como a de um psicopata. Naquela altura, inclusive, ele mencionava a mãe de Mauro, e uma tecla qualquer de Laila foi acionada, para que ela prestasse atenção. A mulher tinha abandonado o menino após o nascimento: "Quando percebeu que ele vinha assim", disse Sávio, com maior rapidez, mas permanecendo monótono.

Laila ouviu um suspiro de Pierre, lamentando. Em seguida ele passaria a palavras de consolo, vibrantes como artigos de promoção — e tão descartáveis quanto. Porém Laila adiantou-se, falando pela primeira vez na tarde, e o que falou produziu um silêncio tão intenso que até o som plástico das folhas parou nas árvores. Um besouro por perto camuflou-se, uma abelha ficou congelada no voo por um milésimo de segundo. Depois desse tempo tudo voltou ao que era, com os barulhos naturais do cenário, mas o piquenique havia se transformado. Aliás, o piquenique havia começado. Disfarçando o constrangimento, Pierre abria a cesta. Enumerava os itens do lanche, para que soassem exclusivos e saborosos, e repetia "Quem quer? Quem quer?", como se ali estivesse uma multidão. Mauro começou a gritar e bater palmas, e Sávio riu, embora fosse um riso discreto e quase sinistro.

Laila sentiu-se observada: tinha a impressão sufocante de que lhe jogavam um lençol por cima quando alguém se punha a olhá-la intensamente. Aceitou a taça que Pierre lhe entregava, recebeu com a outra mão um sanduíche e o mordeu. Afinal, foi tão grave o seu comentário? "Eu teria feito o mesmo", ela disse, solidária com a mãe ausente, a mãe-monstro que abandona o filho defeituoso — ou a mãe-defeituosa que larga o filho monstro. Não havia diferença. Por que aquele ideal em torno dos compromissos amorosos? Fêmeas de toda espécie rejeitam seus filhotes por vários motivos. Pessoas rejeitam umas às outras, apesar das ligações que têm. Não existe uma lei de permanência, exceto a que obriga alguém a estar no próprio corpo. Laila gostaria de acrescentar que fugiria disso também, se pudesse. Largaria a cega aprisionante, deixaria a tal cega sem culpa nenhuma.

Viveria exatamente da forma com que há pouco imaginara fazer, pondo-se nua num quadro de fantasia. Se o mundo fosse compreensível e perfeito, ela agiria dessa maneira. Mas o fato é que não tinha liberdade para nada parecido. Não se livraria das roupas e muito menos do corpo. Ao contrário, devia suportar um peso extra que lhe jogavam — como aquele lençol asfixiante de olhares que permanecia, enquanto mastigava o sanduíche.

O nevoeiro

Foi incompreensível a atitude de Laila. Assim que voltaram para casa, Pierre despejou as dúvidas que vinha remoendo no carro, durante o trajeto de retorno. As perguntas se reviravam dentro dele, enquanto ouviam músicas irritantemente orquestrais que faziam Laila fechar os olhos, com a cabeça reclinada no assento do passageiro como se estivesse descansando. Porém, quando enfim o carro parou na garagem, as palavras pareceram pressionar. O percurso no elevador foi suficiente como trégua de silêncio, e antes de abrir a porta do apartamento Pierre já questionava. Por que Laila tinha sido tão grosseira? Dizer que faria aquilo — abandonar uma criança por causa de sua deficiência — era chocante e brutal. "Mas por quê?", ela perguntou, projetando o rosto na direção de Pierre: "Eu fui sincera". "Não acredito" — ele disse, girando a chave. — "Você não faria uma coisa dessas." "E por quê? Por quê?", repetiu Laila, no tom animado com que ele oferecera os produtos do piquenique, pouco tempo atrás.

"Por causa do remorso", ela ouviu, enquanto entrava na sala. Caminhou com rapidez pela trilha do corredor, sem apoiar as mãos nas paredes. "Era fácil abandonar" — falou, cantarolando. — "Nenhum remorso pode ser tão grave quanto uma escravidão." Pierre deixou que ela batesse a porta do quarto. Sentou-se no sofá, pensando se Laila também não se referia a ele. Poderia apostar que estava sendo provocado, numa espécie de desafio destrutivo. Aquilo era comum para certas mulheres: gritam com os namorados, chegam a expulsá-los em crises de raiva. Algumas preparam armadilhas ou testes de fidelidade, loucas para certificar uma desconfiança. As mulheres procuram a angústia, concluiu Pierre, mas a sentença não o deixou satisfeito. Achava estranho ver Laila numa postura de vítima, incitando-o a abandoná-la. Talvez o contrário fosse mais provável.

Obviamente, Pierre não tinha deficiências físicas, e se alguém assumia a função de escravo no relacionamento era ele, que servia de auxílio ou muleta, dirigindo o carro para Laila, acompanhando os seus gestos para ajudá-la com a pintura, os ambientes desconhecidos, a compra de alimentos e tantas tarefas diárias em que ela se perdia. Jamais, entretanto, Laila parecia agradecida. Ao contrário, às vezes ela o despachava com rispidez, queria que ele fosse embora e reclamava porque sentia quando ele a ficava observando: "É como se me jogassem um lençol por cima". Ele magoava-se e decidia deixá-la sozinha até que ela própria viesse procurá-lo — mas isso nunca chegou a acontecer. Pierre sempre tomava a iniciativa, arrumava um pretexto para entrar no quarto meia hora depois, perguntando se Laila aceitava um suco ou precisava de algo.

No íntimo, continuava inseguro, debatendo-se com a consciência da feiura, do aspecto repulsivo de suas mãos suadas. Pierre lembra a primeira noite, ainda em Paracuru, com a família atrás das paredes noturnas. Um componente excitante o deixara em brasa, qualquer coisa edipiana ou proibida capaz de levá-lo aos piores arrepios só de supor os pais ao lado, com a respiração suspensa — no quarto onde havia um oratório na cabeceira polvilhada de terços e santinhos, flores de pano e velas. Ora, no quarto de Laila tinham posto também uma santa, uma Senhora Desatadora dos Nós, tão longa no manto vermelho e azul, seus dois anjinhos descosendo fios interminavelmente. Pierre a viu de soslaio ao entrar; teve vontade de virá-la contra a parede, mas Laila não lhe deu chance. Estava à espera há vários minutos, cochichou, e pensava que ele não viria. Pôs-se a despi-lo com pressa, e Pierre se afobava, tentando fazer o mesmo com ela. Laila, porém, lhe dava pequenas palmadas, aquietando suas mãos enquanto o beijava pelo rosto inteiro e experimentava lambidas nas orelhas, no pescoço. Ele tinha vontade de rir, mas ela sussurrava: "Silêncio" e parecia igualmente esbraseada, pensando que a porta não tinha chave: a qualquer momento alguém poderia chegar para conferir o seu sono — ou a ausência dele.

Quando Pierre ficou completamente nu, quis abraçar Laila, esconder-se pressionando seu corpo contra o dela. Não pôde, entretanto, tocá-la. Com um sinal imperativo, ela o imobilizou na postura vulnerável, apenas para que a visse andando, os braços no alto como uma dançarina. Deixou os cabelos ondularem no escuro — poucos passos até alcançar o estrado da cama. Então puxou num único gesto o vestido, jogando-o pelo avesso como uma pele morta. Pierre precisou que ela acenasse várias vezes, para finalmente se aproximar. Laila estava deitada, cheia de sombras pelas pernas, que se abriam como duas pálpebras.

Os deuses petrificados

"O amor é para heróis": Laila tinha lido essa frase vários meses antes, no livro de um autor português. Era o que buscava, o que disse a Pierre, na tentativa de fazê-lo se calar quanto ao episódio com Sávio. O embaraço fora grande o suficiente para que Mauro desaparecesse do Centro de Terapias, pelo menos no horário em que Laila o frequentava. A instrutora não comentou a ausência do menino; continuava comandando os exercícios de Laila, mas agora fora da piscina, porque não tinha necessidade de conduzir um corpo paralítico. Em breve remanejaria algum deficiente para dividir as aulas com Laila, e ela sabia que provavelmente não seria outro cego: era necessário que um dos alunos enxergasse, para evitar colisões dentro d'água. O problema da instrutora, então, estava em escolher esse futuro companheiro. Olhava para Laila como se sondasse sua crueldade, o veneno de que o pai de Mauro lhe acusara, embora o próprio menino não tivesse escutado a frase no piquenique. E Laila bem parecia uma dessas agressivas discretas, que evitam escândalo para subitamente atirar a dolorosa verdade.

A instrutora acabou se decidindo por Valdo, um senhor meio surdo que vivia os primeiros sinais de Alzheimer. Aquela era a melhor opção, e na semana seguinte Laila já conheceria o seu parceiro de piscina. Sentiria repugnância de ficar submersa no lugar em que boiava um corpo flácido e cheio de escaras, mesmo que não visse a aparência de Valdo, seu calção de banho frouxo e quadrado — mas teria de se calar, pensava a instrutora. Nem adiantaria dizer qualquer ofensa, porque o velho não ouviria, e por causa disso inclusive a instrutora seria obrigada a entrar na água, para conduzi-lo nos movimentos fisioterápicos.

Laila, porém, jamais faria qualquer comentário. Perdera o interesse em travar relações ou interagir. Em geral, conversas a deixavam cansada — sobretudo se precisava argumentar. Dizer algo trazia frustração: ninguém compreendia seus assuntos com a profundidade devida, e os disparates pareciam cobrar racionalidade, um fôlego de convencimento para um fim absurdo.

Quando Laila apenas escutava, sentia-se muito criativa; afinal, podia deformar as histórias à vontade, sem que as distorções incomodassem o falante: eram todas íntimas, uma simples questão de ouvir — e exercitar a imaginação. Na maioria dos casos, não havia empecilho, porque as pessoas preferem falar. Mas, claro, existiam os enfadonhos, que entendem conversa como sinônimo de debate. Gostam de *animar* o tema com polêmicas e envolvem nesta categoria opiniões grosseiras ou sensacionalistas, com o propósito de levantar discussões. Desde que um sujeito assim encontre um adversário, lutará ferozmente, tentando vencê-lo em rounds argumentativos — e é essa força da briga verbal que seduz. Se lhe dizem "Você tem razão", ele não se satisfaz. Ao contrário, quer ser contestado para dissertar com brilhantismo sobre a sua carga de teorias. Empenha nisso tanta disposição que poderia salvar a humanidade, se ela se salvasse com retórica.

Diante de Bent, que era um debatedor frenético, Laila sempre esteve silenciosa. Nunca soltou palavra que exprimisse seu juízo acerca dele — e conseguiu isso apesar da tortura constante nas aulas, com um professor acendendo contradições para ver os alunos duelarem. Quase todos se envolviam, criticavam, chegavam a se levantar da cadeira, gesticulando. E Laila calada, aparentando que nada lhe passava pela cabeça, embora fosse justamente o oposto. Sua opinião era particularíssima e não precisava expô-la ou defendê-la. Não precisava da concordância dos outros para valorizar o que pensava.

Laila gostaria de tratar Pierre dessa forma, ignorando os seus apelos por uma "fusão de mundos", como ele dizia — desligando o botão de áudio para não escutar suas obviedades, quando ele desfiava o novelo otimista sobre estarmos despreparados para o mundo, todos cegos e tateantes em relação à vida. Buscamos a sucessão dos fatos como se ela nos garantisse um saldo, um dever cumprido a justificar a futura frase no jazigo. No fim, esperamos a aniquilação da memória e caímos no vazio, o salto que tanto queremos provar. É vertiginoso, porque não houve ensaios e não sabemos o que vem. Laila concordava que os seres são unânimes no desamparo mas, mesmo assim, há os mais frágeis: aqueles que pensam em excesso e são perseguidos pela consciência.

Ela não era uma heroína, não era exemplar. Não se tornou bondosa por causa da cegueira — e ali, na piscina, ainda desconhecendo o velho demente que virá para poluir a água com células mortas, Laila se exercita. Finge que o seu corpo flui em movimentos breves.

A pureza

Ela desliza a caneta e obedece à sequência correta de letras, mas é questão de tempo para que perca o contorno dessas ondas gráficas, e então não conseguirá mais assinar o próprio nome. Imagina-se regredindo a uma inscrição rústica, uma escrita cuneiforme com riscos disparados pela página, enquanto num cartório da cidade permanece arquivada a amostra de sua assinatura — a firma, como dizem, caprichosa e floreada, com volteios no autógrafo. Ela ri com amargura, quando pensa nas antigas intenções de arte. Como foi que alguém disse? "O olho é o principal instrumento de estética": algum professor certamente; essa era uma típica frase de magistério. E outra: "O olho se identifica não com o corpo a que pertence, mas com o objeto de sua atenção". Essa era de Joseph Brodsky, lembrava, mas citada por um professor... Por causa da verdade dessas afirmações, Laila recusou os paliativos do braile; a palavra escrita lhe estava interdita, como qualquer marca visual.

No entanto, ela ainda criava aquarelas com recortes, que

supunha grotescas. Se continuava a compor os tais quadros, era por mera terapia ocupacional e, ao assiná-los, fazia isso por hábito. Precisamente agora, Laila terminou a última sílaba do sobrenome, calculando o espaço restante com os dedos da outra mão. Uma letra ficou manchada no começo, porque a tinta escorreu — e Pierre vai reparar nesse detalhe, sufocando um incrível desejo de soluçar. Aquela garatuja lhe parecerá uma espécie de adeus, uma tentativa de comunicação fracassada. "Ficar cego é perder o mundo, ignorá-lo como paisagem": isso era Laila quem dizia. "É estar disperso num mundo que já não pode ser contemplado."

Pierre argumentava que existiam vários tipos de contemplação — táteis, por exemplo. Repetiu isso com um pouco de malícia, horas depois. Tinha servido vinho a Laila, que se sentava nas almofadas indianas no chão da sala. Ele não havia arriscado se aproximar; mantinha-se no sofá, e ela concordou. Existiam belezas de todo tipo, acústicas, olfativas, espirituais. Mas nenhuma exigia tanto apetite quanto a beleza visível. A própria existência da beleza como âncora, coisa não volátil, dependia do olhar.

Para Pierre, as reflexões tinham muita densidade. Ele não costumava provocar Laila com perguntas; na maioria do tempo desejava que ela se calasse e vivesse sem grandes problemas. Talvez naquela noite ele estivesse perturbado, sob o efeito da assinatura que viu no quadro. A comoção seria um bom motivo para justificar sua atitude, a curiosidade tão comum em várias pessoas, mas insólita nele. Pois quis saber se Laila recordava — as cores, os rostos, a visão em geral. Ela pensou em dizer que não fazia tantos meses para que esquecesse; inclusive, levava a sensação de armazenar imagens, podendo retirá-las de um depósito milagroso quando bem quisesse — mas de repente duvidava. Tentou lembrar as feições de Pierre, e nada lhe ocorreu.

Em vez de responder, Laila bebeu o resto do vinho. Formulou a ideia de um eclipse: e se fingisse que não era um caso pessoal? O mundo inteiro se apagou. Vivemos num idêntico mergulho depois desse feitiço. É a nova fase do planeta, a fase escura, e devemos aceitá-la, como se aceitam maremotos ou tufões. Ninguém conversa a respeito, porque não adianta — e a partir daquela recusa Laila pegou sua almofada e se afastou de Pierre. Não havia motivos para justificar-se. Somente na mais secreta fatia mental de seu temperamento ela se deixava desesperar, elaborando listas de todas as perdas.

O inventário

Assim como alguns herdam fortunas sem merecimento, há os que tropeçam em cores, sem vê-las — um desperdício, pérolas aos porcos, mágica para desatentos. Laila rumina o seu ódio - contra esses desconhecidos que recebem o que ela não tem:

As cristas no mar prateado.

A trama de losangos numa pele envelhecida.

Os trilhos do trem.

Um milharal às cinco da tarde.

A encruzilhada.

O pó sobre os móveis.

A estampa do lençol.

As árvores e sua geometria de galhos.

A cor do pão crocante.

As grinaldas.

Os vitrais.

As marcas no asfalto.

Os vultos e os volumes.

O arco de um túnel.

As fogueiras.

As nuvens.

"Meu Deus, eu perdi as nuvens!" — ela grita subitamente e exige que Pierre lhe dê algodão em grandes flocos. Mas uma nuvem não se pega, ele responde. Seria preciso encher a chaleira, pôr no fogo e esperar o vapor, fingir que não é quente, que é vento frio carregando a fumaça, vento condensado em massa branca de espuma ou lã. "Pois faça isso", ela diz chorando, e ele se apressa rumo à cozinha. Laila envolve-se com os próprios braços, balançando em desconsolo. O que mais pode perder?

Os cartões-postais de qualquer país.

Os esportes e as torcidas.

As coreografias.

O circo. O teatro.

As fantasias de carnaval.

Os filmes pornôs.

Com esse último pensamento vem o riso, descontrolado e convulso, à maneira das gargalhadas em cachoeira. Pierre surge na porta, pensa que Laila endoideceu. Ela anda em direção ao lugar onde quer encontrá-lo, junto ao fogão, preparando a nuvem falsa. Por pouco não se esbarram; ele a pega pelos ombros, disfarça o tropeço — ela ainda ri quando o beija, dizendo que teve ânsia de agarrar. Os dois saem na direção do quarto e deixam a chaleira aos apitos, na cozinha. Vários minutos se passam até que a sirene sossegue, suspirando suas gotas de assobio.

A paz transitória

Depois da cumplicidade vinda como um milagre naquela noite, Pierre recuperou o ideal de um amor sem sobressaltos. Ele circulou sua mente, espalhando uma poeira minúscula de expectativas. Pierre as enxerga na hora do café, junto com esses raios que se filtram pela janela, fatiando o rosto de Laila em listras oblíquas. Ela bebe o leite concentrada, passando a língua nos lábios após cada gole. Há um traço de criança nessa cena, mas há também muita sensualidade: exatamente os extremos que Pierre gostaria de conciliar. Se pudesse congelar Laila no instante, não precisaria de mais nada: teria se tornado um deus. Mas então, com um ritmo apressado, ele volta a pensar no avô e na incompreensão quase mítica a respeito das mulheres. É uma tradição que sejam incompreensíveis, ele dizia, e Pierre se acalmou ao lembrar as palavras do velho. Vinham como um alívio de sabedoria, uma frase clássica repercutindo na memória, inventando um sossego. O avô e seu mapa de andanças, a observação da alma pelos dedos, o trajeto irregular... tudo isso levou

Pierre à cobrança de si mesmo. Não tinha prometido criar para Laila uma vida ampla? Mentalizara planos de viagens, pensando num turismo específico — ele como intérprete, guia-descritivo do mundo, explorando lugares junto com ela. E, no entanto, até aquele momento meses se passaram sem que tivessem ido além de Paracuru, nas festas de Natal.

As férias trariam novas formas de contemplação. Laila receberia a mensagem sem que ele precisasse formulá-la; aprenderia o seu conteúdo de uma vez. E Pierre seria recompensado pela sensação mansa de poder conduzi-la, ser indispensável. Sabia que ela experimentava alegrias ocasionais — e não tinha sido absurda a sua reação na noite anterior. Ele reconstitui os fatos, descobre que é responsável pela transformação: o desespero mutilado que Laila gritou como uma histérica virou desejo e êxtase em questão de minutos. E apenas porque ele tomara a iniciativa de agradá-la, fazendo nuvens com a chaleira. Uma simples ideia era a salvação do humor, e assim poderia acontecer, indefinidamente. O que destrói o prazer é a repetição — refletiu em voz alta, e Laila se espantou, com um estremecimento. Em seguida balançou a cabeça, como se acordasse para uma filosofia óbvia. Não havia necessidade de remoer velhos conceitos, ela disse, passando a mão em torno da boca. Ficou brincando com os dedos, procurando cutículas. Ainda estava distraída, quando Pierre falou que iriam viajar.

O jogo das vozes

Novamente na piscina, Laila inventa a ficção de estar na Itália, quem sabe em Veneza, cidade suspensa como se sente agora, imóvel a boiar. Mas reconhece as turbulências que agitam a água — sinal de que ao lado exercita-se Valdo, submerso de memória a ponto de cumprimentar Laila como uma estranha, quando a cada semana tornam a se encontrar. Entretanto, ela não se aborrece; prefere pensar que é sempre um velho diferente. Valdo não lhe interessa, e jamais tentou adivinhar seu corpo através do timbre. Seria inútil compor uma figura esquálida e branca, a pele frouxa como cera escorrendo para a base da vela. No lugar disso, lembra a voz dos próprios pais. Os dois não são tão idosos, mas têm um compasso lento, meio ofegante, que se assemelha a Valdo — assim como dois fôlegos podem ser díspares e iguais a um só tempo. Principalmente a mãe de Laila, com sua vibração de rezas: Valdo resgata essa cumplicidade de oratórios em cantos de parede, quando murmura algo.

Laila recorda sua mãe com uma réstia de carinho. Ela nunca foi efusiva de abraços ou beijos, e a filha aprendeu a criar distâncias. A mãe vivia com os santos, as toalhinhas rendadas, o chá. O terço escorrendo aos cochichos — e desviava do pai de Laila, imperioso, às vezes aos gritos. Eram dois bonecos estranhos que se cruzavam na casa, criando uma filha entre súplicas e ordens. Como reação natural, Laila cresceu em busca do estupendo, do alegre. As artes plásticas lhe pareceram a extravagância por excelência, a possibilidade de borrar o mundo, festejar os espaços.

Inclusive ali na piscina, insurge-se contra a monotonia de Valdo, a repetir "Um, dois, três" conforme flexiona os joelhos. Ela bate os pés com força, atirando-se para uma borda desconhecida, querendo que os dedos se prolonguem como antenas. O barulho na água dá uma chance à Itália. É bom imaginar um país com ruídos se sobrepondo — e Laila pensa nos livros que um dia viu, cheios de fotos de esculturas nuas, em mármore pudico. Bent com certeza estivera diante delas, mas somente para desprezá-las! — Laila se confunde com a respiração e engasga. Tosse por vários segundos, cospe e se agita. O senhor Valdo pergunta: "Algum problema, menina?", mas ela não responde. A instrutora nem se mexe para ajudá-la.

Finalmente Laila decide que basta de exercícios e fantasias. Valdo retomou sua breve contagem: "Um, dois, três", enquanto Laila alcança a escadinha metálica e tateia o chão de pedra até encontrar o roupão e as sandálias. Pierre falou em Minas Gerais como um bom destino para quem não podia pagar roteiros europeus. Havia igrejas, ruas históricas, excelente comida — e ela concordou, sem questionar. Mas gostaria de saber por que ele havia frisado as igrejas. Como se ela fosse assídua de missas, ou pelo menos devesse ser, pedindo uma bênção ou milagre. Ou como se herdasse a beatice da mãe, as sobrancelhas levantadas, quase unidas no centro da testa. Laila bufou ao se lembrar do arco mole de pelos, um ar de eterno desamparo. Ao contrário, ela faria o ângulo inverso, o "V" de raiva e concentração absoluta, para seguir com a existência.

Os mendigos

Caso pudesse ver o cortejo de homens esfarrapados que vai por esta rua, Laila reconheceria o seu teatro de feições piedosas. Quem é mendigo acostuma-se à flexão de testa, rugas profundas ou curvilíneas espremendo o rosto, a voz sussurrante pontuando uma ladainha qualquer, uma reza.

Duas semanas após aquela reflexão sobre a beatice da mãe, Laila está diante de uma igreja mineira, conforme lhe prometeu Pierre. Ele a segura pelo braço, olhando para o grupo de pobres que se aproxima, numa espécie de procissão. Deve ser alguma data especial, pensa, mas — ainda que haja muitos turistas por perto — sente que é o alvo: todos os mendigos vão se dirigir a ele, exigindo-lhe moedas. Puxarão sua camisa e tocarão em Laila.

Num pavor súbito, Pierre acredita que os homens mais fortes poderão levantá-la com rapidez, raptando-a sem que ela saiba o que está acontecendo — assim como nos sequestros lendários que os ciganos cometiam, fugindo com crianças e mulheres. Laila seria carregada como uma mercadoria esperneante pelas mãos rudes e sujas, e o que Pierre faria? Só poderia gritar, pedir um socorro ridículo aos guardas: "Prendam aqueles mendigos! Eles levaram minha namorada!". E no instante seguinte, como na sucessão de uma comédia burocrática, o guarda balançaria o dedo para repreender Pierre: "Não seja preconceituoso, rapaz! O termo adequado é *morador de rua*, não mendigo".

Dentro da igreja, Laila sentiu a mudança de atmosfera, a umidade nas pedras que a rodeavam, o cheiro de madeira do assoalho — embora Pierre nada percebesse, tentando acalmar a própria respiração. Tinham entrado quase às carreiras, para escapar do grupo mendicante e do súbito medo. Laila não questionou a pressa, mas seria a primeira a endossar a cena que Pierre montou — com o discurso do guarda em destaque. Em várias conversas, ela já demonstrara impaciência com o que chamava de "demagogia do fim dos tempos". Enquanto o planeta se destruía na maior velocidade possível, os mocinhos de propaganda apareciam com cartazes de uma atitude ecológica. Gabavam-se de usar bicicleta em vez de carro, separavam o lixo por categorias e perdiam-se em discussões sobre a melhor forma de descartar peças íntimas e óleo de cozinha. E toda a retórica da diversidade criara um léxico falsamente neutro para se referir a negros, gays ou deficientes, gerando polêmicas e projetos a se alastrar pelo mundo. Ninguém mais tinha direito ao silêncio ou à palavra censurada — embora o pensamento continuasse a todo vapor, incontrolável como sempre foi.

Laila se inflamava com o caso dos cegos e a sua ilusória "inclusão". Ouvira falar nos projetos que surgiam como benefícios — simples migalhas hipócritas. Sentira-se afrontada, poucos meses antes, por um programa específico, vindo como propaganda pelo correio. Segundo a linguagem metálica da correspondência que Pierre leu, o projeto queria "garantir a possibilidade de fruição da arte para pessoas com deficiências — sensoriais, físicas ou intelectuais — por meio de estímulos multissensoriais e lúdicos". "Belo politiquês correto", disse Laila. "Posa de bonzinho mas revela o juízo por trás dos termos; as palavras não mentem." Ela era deficiente sensorial, física ou intelectual? Neste último conjunto com certeza não estava, porque jamais seguiria, como uma imbecil, passeios monitorados e traduzidos em enganação de sentidos. E por falar neles — meu Deus — o que se pretende com "estímulos multissensoriais e lúdicos"? Multissentidos para pessoas com deficiências sensoriais? Não é cinismo prometer variedade a quem perdeu o básico? Resgata-se a lenga-lenga do estupor de médicos diante da *superação* de certos pacientes, como nos programas televisivos cheios de oh... oh... por causa do tal doente que milagrosamente teve o cérebro reconstituído ou soube adaptar partes do corpo para funcionar como outras — assim, feito um engenhoso mecânico que transforma uma bateria velha em algo distinto, um abajur, uma saladeira, qualquer coisa admirável. O amputado aprende a pintar usando os dedos dos pés, o cego se orienta com os ouvidos e pode dançar: parece um morcego, com os braços abertos na tentativa de ampliar o alcance de suas antenas acústicas, mas ainda assim dança, merece aplauso.

Laila morre de nojo só de pensar naquele sensacionalismo, que é o mesmo dos museus bonzinhos, apesar do alcance diferente, porque nem se compara a plateia de uma tevê com o público esparso que vai em busca de arte. Ela, porém, deficiente sensorial e/ou física, não seria uma estúpida a engrossar estatísticas, posando como beneficiária de uma esmola cultural. De que valia se contentar com uma cópia em gesso, obedecer ao instrutor que lhe diria para começar apalpando por cima ou pelos lados — pensava Laila — feito num jogo de adivinhas? Ou então lhe entregaria logo o ouro, mencionando o que ela deveria compreender: "Você está diante de uma mulher que é uma sereia voadora; tem cabelos vermelhos e segura um buquê num cenário com palmeiras azuis e uma lua", despejaria, para descrever uma pintura de Chagall. E não a deixariam tocar *O beijo* de Rodin, nem as *Formas únicas de continuidade no espaço* de Boccioni. Inclusive porque não faria diferença, se por piedade o governo permitisse aos cegos passarem os dedos pelas superfícies, ajudando a estragá-las com um progressivo acúmulo de suor e gordura. A compreensão não seria perfeita, nunca; e Laila poderia acariciar o tronco de uma árvore ou uma rocha com idêntica emoção. Porque seria só uma textura, sem composição de imagens.

Ali, dentro de uma igreja barroca em Tiradentes, ela não se sente vulnerável, nem encurralada no vazio. A atmosfera fria é religiosa como uma caverna virgem, e plena. Laila respira. Pierre já recuperou o fôlego e espera o sinal para agir. Quer descrever os anjos e as colunas rebuscadas, o amarelo opaco em todas as direções do altar, os turíbulos imensos. Vai começar a enumeração num sussurro, para não incomodar os demais visitantes. Turistas desfilam pela nave central, fazendo guinchar os sapatos; cochicham e dissimulam câmeras fotográficas. Laila se agarra à voz de Pierre como se não soubesse sua origem — como se fosse uma voz de fantasma, conservada por séculos numa cripta.

Como nascem as cachoeiras

Aqueles foram dias de estradas serpenteantes, vinho, queijo e ladeiras. Laila e Pierre andaram por ruas ascendentes, em Ouro Preto. Ela sentia as pedras redondas sob os pés, como se palmilhasse um edredom rígido, e gostou das oscilações e desníveis. Ia esbarrando no povo, ombros se batendo, pernas a enroscar. Pierre se desculpava por ela, mas Laila continuava desatenta. Parecia ofegante, o nariz para cima, aspirando o vento e de repente entrando numa cafeteria, numa loja de doces. As pessoas no caminho se tornavam vegetações incômodas, cipós que ela sacudia para longe, enquanto desbravava um destino. Que destino era esse, não estava decidido; da estreita calçada, podia surgir qualquer coisa interessante. Os dedos acompanhavam a parede, deslizando nos grãos do muro que se interrompia, abria-se para um vazio. Laila sondava cheiros e ruídos; na maioria dos casos prosseguia, atropelando gente, crianças que faziam caretas chorosas. Pierre não tinha tempo para grandes explicações às mães indignadas; devia seguir Laila, na trilha da parede. Se ela desaparecia, só lhe restava entrar em várias lojas, gritando o seu nome.

Isso aconteceu com o café e os doces, mas na compra do oratório foi diferente. Quando Laila parou diante da porta, piscou de um jeito rápido, como se pudesse limpar a vista. O cheiro de madeira se impunha, e também a tinta, com um aroma paralisado no trajeto. "O que é?", ela perguntou, esperando que Pierre estivesse por perto, e justamente ele se punha ao seu lado para responder: "Uma loja de artigos religiosos, estátuas de santos e oratórios". "Pensei que vendessem quadros", ela comentou, antes de avançar, lenta como um espectro. A vendedora se pôs na sua frente, adivinhando o desastre de um choque com as prateleiras de vidro. Apresentou-lhe peças, que Laila revirou na mão. Queria estruturas oitavadas como torres de igrejas, a caixa profunda onde acomodar a mão, sentindo as farpas de madeira que escaparam à lixa. Era possível notar uma frieza, como o ar suspenso dentro de um armário — e as dobradiças mínimas faziam Laila sorrir. Ela tocava oratórios para achar seus pontos de emenda, a margem mais suave indicando um verniz, as partes pintadas que ela percorria, sem relevo. Quis que Pierre lhe falasse dos desenhos; quase todos eram flores, pétalas imaginárias e convencionais saindo de galhos simbólicos. Não havia uma flor exata; elas pareciam criadas dentro de uma convenção infantil, brancas e róseas, arredondadas ou às vezes pontiagudas, uma corola grosseira como um botão. A vendedora levantou as sobrancelhas, espantada com a crítica, mas era assim que Laila gostava. Pierre adivinhou que ela precisava de uma ironia para justificar seu desejo. Porque queria desesperadamente comprar uma peça, mas sem finalidade religiosa. A distância da mãe beata precisava ser marcada, e para Laila o objeto teria o uso de um porta-joias ou um armário de bonecas.

"Escolha para mim o mais antigo", ela pediu, e Pierre pegou

um de tamanho médio, marrom com bordas douradas, flores sugerindo acácias pálidas, murchas nas folhas externas e internas das portas. "Esse aqui", ele disse, e Laila aceitou sem examiná-lo; apenas o segurou para estendê-lo à frente, onde pensava que estaria a vendedora: "Para presente, por favor". Depois da compra, caminharam somente mais um pouco. Laila quis voltar para o hotel e entrou no quarto com o pacote, à procura da cômoda onde ficava a tevê. Achou um espaço livre e se pôs a rasgar o papel da embalagem; pedaços verdes caíram pelo chão, como cédulas de seda ou confetes gigantes. Ela abriu o oratório, deixou-o escancarado e sentou-se na ponta do colchão. Parecia contemplar um santo invisível nas sombras da caixa. Nesse momento, ouviram-se sinos, badalando de forma tão intensa que alguém poderia confundi-los com o som de um bicho mítico — ou, ao menos, foi o que Pierre pensou: que era um canto imortal a se espalhar pelo mundo.

Quando comentou a impressão com Laila, ela sorriu, quase concordando, mas depois disse: "Para mim, é o som de uma cachoeira nascendo".

A ressaca

E depois da bonança, vem a tempestade, pensou Pierre no dia seguinte ao retorno da viagem. Laila caiu numa depressão em estilo caramujo, enrolando pés e braços, cabeça entre os joelhos. Por um tempo, ele quis ignorá-la, até porque os afazeres não o deixavam disponível: teve de correr com dívidas atrasadas e picuinhas domésticas, incluindo o desaparecimento da faxineira que comparecia às terças-feiras. O apartamento ficou um nojo de bagunça, e Pierre viu-se obrigado a arrastar vassoura e espanador para o quarto, enquanto tentava convencer Laila a sair da cama. Era preciso trocar os lençóis, mas ela não parecia incomodada com o ranço de poeira em que enfiava o nariz.

Pierre foi trabalhar meio expediente e no final da tarde assustou-se com a gravidade de encontrar Laila na idêntica postura, semelhando um fóssil ou um molde de cera. "Isso não está certo", ele disse. "Vamos conversar." E balançou-lhe a perna, buscou desfazer o nó dos membros, experimentando cócegas e tapinhas. Laila reagiu lentamente, desdobrando-se. Começou a falar, parecendo que tinha decorado todo um discurso durante o período de recolhimento. Vinha pronto e coerente o seu pensamento, desfiado como uma tese bem argumentada. Ela havia se divertido com a viagem, mas agora já não se sentia livre; experimentava a abstinência de aventura. Antes tinha previsto que seria assim, embora não suspeitasse de um efeito tão imediato. "As pessoas pensam que a queda é única", disse Laila. "Mas eu não parei de ficar cega. Ontem me lembrei dos espelhos, e hoje das fotografias, tudo que vou perdendo. A propósito, você levou uma câmera para a viagem?"

Pierre disse que não, não dava muita atenção a fotos — mas no íntimo sufocava a mentira, porque hesitara com a velha Kodak diante da mala, para enfim desistir de enfiá-la entre as roupas. Seria falta de sensibilidade, falou — e sentiu que antecipava Laila, sua frustração de posar para um clique inacessível. "Deve existir uma teoria de viagens que justifique os espaços entre um passeio e outro", ela prosseguiu. As pausas seriam retomadas de fôlego. Feito um mergulhador que volta à tona, mas desejando a próxima imersão: o viajante volta para casa e suporta a rotina, porque trouxe recordações. Mas Laila não podia guardar uma memória física, prolongar o prazer — o que lembraria de específico? A sensação atmosférica, a pressão da altura enquanto subia pela estrada? Pierre dirigiu serpenteando, e Minas será cada curva que o veículo fez. Apenas isso, junto com o talhe dos anjos tocados, o paralelepípedo sob os pés, a voz lenta das pessoas.

Pierre não soube o que dizer; brincava com a moleza do lençol, ondeando suas formas em silêncio. Laila permaneceu imóvel. E então anunciou, para que ele compreendesse: "Se não posso trazer recordações, continuarei viajando".

O mundo translúcido

A conversa se arrastou pela noite, com Pierre a valorizar outros tipos de lembrança. Falava com uma Laila emudecida, infantil na postura sobre a cama. Conforme o tempo passava, o quarto ensombrecia, mas Pierre mantinha os argumentos, sem coragem de levantar para acender uma luz. Ocasionais faróis se projetavam no prédio em frente para depois entrarem oblíquos pela janela, criando círculos na parede como se alguém prometesse um show de variedades. Era assim que ele se sentia, meio charlatão no começo, mas a cada vez se convencendo de que as ideias eram aceitáveis. Pois não tínhamos diversos sentidos? — indagou, retoricamente. "É possível dizer que *isso* não lhe traz uma recordação?", perguntou, com o devido espaço para o silêncio, e pôs na mão de Laila um objeto que puxou da bagagem semidesfeita.

Era uma cruz peluda, revestida de panos como uma boneca de trapos: eles a tinham comprado em Tiradentes, onde o artefato, muitíssimo comum, abençoava a porta das casas. Laila reconheceu o formato com os dedos, e Pierre pensou que ela sorria. Animou-se, vibrante feito um terapeuta que obtém sucesso; no mesmo instante, um veículo passou pela rua de baixo e projetou dois faróis perfeitos. Pierre continuou falando, enquanto procurava um pacote embrulhado em jornal. Achou-o no fundo da mala; na pressa, deixou voarem pedacinhos de papel pelo quarto — uma lástima, pois tinha varrido o chão pouco antes. O sorriso de Laila desaparecia, mas ele trocou os objetos em sua mão, tirando a cruz e pondo um bibelô frio, uma tartaruga em pedra-sabão.

Dessa vez, Laila falou. Lembrava-se da loja em Congonhas, da sensação de pegar, de um por um, os profetas de Aleijadinho reduzidos ao tamanho de um dedo. Pierre quis levar o conjunto inteiro em miniatura, mas ela se opôs porque seria "muito espiritual". Saiu tateando os balcões da loja, com o dono acompanhando os seus gestos — mas Laila desfilava com tanta delicadeza, que jamais poderia esbarrar em nada. No máximo, se deixasse algo cair, Pierre estava certo de que a própria queda seria lenta o suficiente para que ele corresse a apará-la.

Quando achou a seção dos bichos esculpidos, Laila ficou encantada. Adivinhava formatos, pedindo confirmação de suas descobertas: "Um leão? E aqui, um elefante?". Pierre sugeriu que ela escolhesse algum. Laila entregou-lhe o que estava segurando. "A tartaruga", disse, e quando ele perguntou por quê, ela respondeu: "Eu gosto da carapaça". Foi assim durante toda a viagem, ele recapitulava. Suas respostas e desejos eram espontâneos, quase absurdos. A única razão para ela escolher um prato, dentre todos os que Pierre lia no cardápio do restaurante, era a sonoridade. Escolhia os vinhos da mesma forma. Nas lojas, comprava por impulso, e igualmente por impulso rejeitava ofertas que para um vendedor — e muitas vezes também para Pierre — pareciam adequadas.

Talvez viajar recuperasse nela uma espécie de infância, se é viável associar esse termo à simples alegria, sem uma necessária ingenuidade. Porque Laila não tinha ficado frágil ou tola em nenhum momento. Pelo contrário, era imperativa nas vontades — como quando afirmou sua urgência por aventuras. Mas agora Pierre se iludia, achando que iria convencê-la: vários tipos de memória estavam disponíveis pelo tato e pela audição. "Sim", ela afirmou; sempre que ouvisse sinos, retornaria a Ouro Preto. E havia a recordação gustativa, enquanto durasse o queijo e o café que trouxeram. Laila riu claramente, e Pierre estremeceu quando um novo facho de luz brilhou nos dentes dela: foi um riso escancarado e volátil, de imediato mergulhando no escuro.

A trapaça

Enquanto Pierre desabafa, curvado sobre uma xícara que parece respingada de lama, é possível imaginar a situação com detalhes. Ele sempre suspeitou que não daria certo, não seria possível que o fingimento durasse, embora no começo Laila estivesse empenhada. Ela admitia recuperar alguma vibração de lembrança, e percebia-se pela forma com que erguia o queixo, como se aspirasse um perfume. Indagava a atmosfera desse jeito, ao escovar os dentes segurando a tartaruga em pedra-sabão. Decidira colocá-la na pia do banheiro, bem ao alcance de seus dedos, e era um ritual específico que ela inventava, como se não conseguisse acertar os dentes de outro modo. Tinha de escovar enquanto segurava a tartaruga numa das mãos, e Pierre notava a ansiedade: Laila se agarrava à pedra, girando-a como uma bússola misteriosa, pronta para o arremesso.

No final, não chegou a acontecer qualquer cena furiosa, com vidros espatifados — e Pierre tirou do bolso a tartaruga cor de oliva. Ela ficou a meio caminho entre sua xícara e meu copo de chá mate, ouvindo como Laila automatizou a memória para que ela perdesse significado. "Talvez não fosse intencional" — ele apressou-se em dizer — mas a pedra-sabão virou um desespero manuseado, a cada dia revirada com maior agilidade, até ser posta numa gaveta.

Pierre baixou a testa, voltando-me o topo dos cabelos num redemoinho curto. A voz abafava no peito, na caverna criada pelos dois braços dobrados à maneira de um trapézio, sobre a mesa. Ele mencionou diversas viagens que propôs a Laila, então perdi a paciência de escutá-lo e o interrompi. Prefiro escutar histórias a contar as minhas próprias, mas naquele instante saltei para a segunda opção, como alguém que pula de um barco.

"Quando eu era criança", comecei num tom alto, "pensava que os retratos fossem espiões." Pierre ergueu a cabeça, espantado. Ajeitou-se na cadeira, enquanto eu dizia como os punha de costas, para que não me fitassem com seus rostos antigos, seus juízos de outras épocas. Minha mãe ficava danada, saía virando os porta-retratos sobre os móveis. Toda manhã tinha de girá-los para os antepassados não ficarem de castigo para a parede — e me dizia que era pecado brincar assim com os mortos, com meus avós que eu não conhecera, duas figuras obesas e abotoadas, a mulher mais sisuda que o homem, que usava um bigode de vassourinha. Além deles havia um tio em várias fases da vida, desde menino envolto em rendas e cachos até um soldado belo, incapaz de pressentir granadas. Sua jovem noiva, que depressa passou à condição de viúva, posava com um fio de pérolas. Ela morreu pouco depois do meu tio, borrando lenços e toalhas com sangue, encaveirada de sofrimento. "Como não era uma parenta direta, às vezes minha mãe se esquecia de virá-la de novo para a sala. Deixava sua foto de costas, numa espécie de concessão a mim, ou talvez porque também odiasse o seu rosto fino" — terminei.

82

Pierre estava pálido, com a expressão suspensa como se esperasse uma justificativa. Bebi o restinho do chá, pensando num motivo plausível para a narração. Na parede da lanchonete, cartazes de propaganda me irritavam por sua obviedade: todos com figuras de bocas escancaradas, na suposta euforia diante de refrigerantes, chocolates ou livros místicos. Ensaiei dizer algo sobre retratos e o benefício de evitar aquele tipo de lembranças. Com o tempo, viramos estranhos, criaturas que não fazem sentido para as pessoas do futuro. "Seremos assombrações para os nossos netos", brinquei, mas Pierre continuava sem entender. "Por que você me contou isso?", ele perguntou, e fingi não escutar, mas ele repetiu enquanto eu esperava inutilmente que a garçonete pudesse nos interromper.

"Não sei", disse com sinceridade. "Eu me lembrei da história quando você falou sobre a câmera fotográfica que não levou para Minas Gerais." "Mas eu menti", confessou Pierre. "Como assim?" "Levei a câmera", ele disse, "e fotografei sem que Laila percebesse. Tirei retratos dela, inclusive em casa, quando ela dormia, estava no banho ou distraída. Tenho mais de quinhentas fotos numa caixa."

SEGUNDA PARTE

E, no final das contas, esta veladura de fumaça pode dissipar-se um pouco e entreabrir-se sobre a vida ou a morte — que importa?

A.J. Greimas

O estilhaço

Creio que eu poderia ter classificado Pierre como alguém interessante pelo simples fato de que ele não jogava exatamente de modo leal, dentro das regras armadas por Laila. Seria ingênuo demais, quase imbecil para falar a verdade, se ele obedecesse a todos os comandos dela e fosse um serviçal apaixonado. A transgressão de fotografá-la representou um triunfo, uma rebeldia positiva. Entretanto, no minuto seguinte ele me disse que levava periodicamente os retratos de Laila para o pai dela, quando se encontravam. "Quer dizer que você monta álbuns para ele? Ele te pede isso?", perguntei, imaginando uma família solitária, contentando-se em folhear as faces da filha cega e afastada para morar com o namorado. "Não, ele não me pede nada. É que acho bom levar alguma coisa para retribuir... você sabe."

O que não sabia, mas adivinhei num instinto, era que havia dinheiro envolvido. E Pierre confirmou: não conseguia sustentar Laila sozinho, com o salário que ganhava. Ela não trabalhava, então nada mais justo que o pai lhe desse uma mesada por vias indiretas. Algo humilhante mas necessário: "E, além disso, os casais de hoje vivem num modelo em que o homem nem sempre é o provedor, às vezes acontece o contrário". "Sim", concordei num sopro, pensando nas ocasiões em que emprestei — ou melhor, joguei fora boas quantias com ex-companheiros instáveis, artistas que se excitavam com o desperdício, ou meros acomodados que nunca se esforçaram tanto quanto eu. Pierre seria um daqueles; um homem fraco e, como se não bastasse, feio, esquisito, concluí, enquanto riscava o *interessante* da classificação anterior.

Ele continuava a falar, agora sobre a angústia dos horários com o pai de Laila, marcados numa farmácia ou loja de sapatos, um lugar que disfarçasse a transação. Nunca se viram num bar, onde o clima poderia sugerir camaradagem (que jamais tiveram; a antipatia desde o princípio foi mútua). Contentavam-se com atos práticos: o pai perguntava sobre a saúde da filha, Pierre respondia, passava-lhe uma foto recente dela, numa espécie de brinde ou consolo, ou talvez num tipo de comércio, que o outro recebia e guardava no bolso. Depois entregava o envelope com o dinheiro, recomendando que Laila lhe telefonasse. Parece que vejo Pierre nessa hora; diz que dará o recado e disfarça, olhando as prateleiras de cremes (se estão numa farmácia) ou observando os mocassins (se é uma sapataria), enquanto o homem sai, bufando de desgosto como se acabasse de lidar com um sequestrador. Pierre deixará passar uma semana para falar com Laila — como quem não quer nada, pedirá notícias da família dela, para sugestioná-la a dar um telefonema. E finalmente sentirá alívio, porque a negociação daquele mês se encerrou.

Eu não conseguia ter pena. Cheguei a pensar em me despedir, ainda que o assunto do cachorro não tivesse sido discutido e Pierre tampouco houvesse acabado a história. Mas teria de fingir empatia, se quisesse saber como aquilo terminava — portanto, coloquei minha expressão de vendedora simpática. Fiz de conta que estava de novo no pet shop, oferecendo a melhor ração do mercado, e indaguei como as coisas continuaram.

Pierre sobressaltou-se, parecendo que a minha pergunta tinha explodido em sua cara. Agitou um pouco os braços, procurando um jeito de se expressar. Ao fim de longos minutos, disse que tinha decidido viajar o máximo possível, para distrair Laila.

A viagem

As passagens para a Bahia foram pagas com a venda de uma coleção de moedas. Hospedagem e refeições, com o dinheiro conseguido por uma série em quadrinhos da década de 50. Pierre anunciou as revistas durante semanas na internet, até receber uma cotação razoável. As moedas ficaram com um amigo do trabalho, que não era colecionador, mas procurava um "presente estranho" para o sogro, conforme disse. Eu perguntei por que Pierre não pedira ajuda ao pai de Laila — se, inclusive, a tal mesada já era costume —, mas naquela altura, pedindo a sua terceira xícara, ele não respondeu nada. Concluí que um vago amor-próprio esteve em jogo, assim como o medo de dívidas opressivas — razão que também o levara a evitar empréstimos bancários ou saída semelhante.

As duas coleções que vendeu tinham sido herança do avô: quando Pierre pegou os bilhetes aéreos pôde refletir sobre a estranha conversa que as trocas proporcionam, uma espécie de escambo que nunca deixamos de praticar. Troca-se uma pilha de revistas por dois passes para uma cidade, troca-se um pote de moedas por sensações voláteis. Mas Pierre trocava sobretudo um vestígio de seu avô, a impressão de que suas digitais ainda estavam úmidas sobre o metal e as páginas. Tinha a fantasia de ler por cima da sombra do velho, quando lia algo que lhe pertencera — e, quanto às moedas, Laila havia sentimentalizado sua existência nas ocasiões em que brincara com elas. Gostava da chuva redonda que caía do pote — e espalhava as moedas como se jogasse com botões esmaltados. Laila experimentava nos dedos cada uma daquelas circunferências; Pierre achava que ela seria capaz de mordê-las, como um especialista em ouro autêntico. Às vezes, ela se fazia de defunta, com dois óbolos em cima das pálpebras, os dedos cruzados no peito. Ele gritava, fingindo susto, e ambos riam muito, ao mesmo tempo em que ela saltava para varrer o chão com as mãos ansiosas, buscando outras moedas.

Depois que Pierre lhe explicou a origem de todas elas, Laila aprendeu seus ruídos a ponto de identificar as moedas quando caíam. Havia uma japonesa, dourada e bem pequena, com um buraco no meio: seu tilintar era frenético e repetido, o ar cortando o furo como o fio que sustenta um colar. Outra moeda, dez paise de rúpia, também era inconfundível; caía com um peso agudo, na leveza de suas bordas onduladas. Mas Laila preferia as pesetas e os centavos de franco, quase idênticos em sonoridade breve, parecendo colherinhas de chá. Com eles, não se importava de errar palpites. Queria que Pierre testasse seus conhecimentos, lançando contra a parede uma moeda qualquer, para que ela adivinhasse. E ele não podia boicotar: a cada resposta vitoriosa, Laila exigia a moeda em sua mão, para conferir o acerto.

Entretanto a diversão terminara há muitas semanas, e já não sorriam com nada. Os momentos pareciam superados pela irritação de Laila, sua maneira de curvar o pescoço como se meditasse raivas nascidas no umbigo. Na tarde em que decidiu vender suas coleções, Pierre olhava para as vértebras de Laila, salientes na nuca quando o cabelo estava preso num coque desleixado. Pareciam os nós dos dedos numa mão fechada. Pierre fechou sua própria mão esquerda e ficou olhando o punho, do tamanho do coração — tinha lido sobre isso em algum lugar. Comentou o fato em voz alta, apenas para puxar assunto. Laila respondeu de imediato que não se interessava pelo coração ou qualquer órgão, músculo ou fluido. Pensava somente nos ossos, falou, como se pressentisse o olhar de Pierre em seu pescoço. "O que você quer dizer?", ele estremeceu com um receio mórbido.

"Todos deviam ter direito a um corpo inteiro até o final", ela explicou. Mas os amputados carregam um pobre esqueleto para a cova, com interrogações no lugar dos membros. Na hora de se exumar, os ossos têm peças a menos, como um jogo defeituoso. Laila imaginava arqueólogos futuros descobrindo caixões, espanando a areia do crânio com seus pincéis macios, como se os maquiassem — ou como se os criassem, na forma de esculturas de pedra. E ali, no meio de tantas carcaças, saberiam os especialistas se aquela — Laila — tinha as cavidades típicas de um cego, traços particulares que a incluíam (apesar de nenhum osso faltar) no grupo dos aleijados? Ela explorava a dúvida, enquanto os dedos percorriam os sulcos, o desenho dos buracos sob a pele do rosto. Pensava nas máscaras de feira, com espaços para olhos, nariz e boca — todas mortas quando estavam sem o recheio das pessoas que as vestiam. "Eu também estou semimorta", disse. "É um semissuicídio. Minha caveira não tem o recheio completo."

Pierre a essa altura interrompeu, dizendo que não dramatizasse; estava viva e saudável como vários não conseguem. Ele ainda fechava os dedos quando falou isso, então por instinto ergueu o punho, num gesto revolucionário. Laila não notou o ridículo da cena — mas pareceu decepcionada. Mais do que deprimida, ela se sentia em profunda desilusão. E pediu que Pierre saísse do quarto, porque queria ficar sozinha.

A paz transitória

Somente no dia seguinte, quando almoçavam juntos, Laila animou-se o bastante para retomar o assunto. Não teria feito por iniciativa própria, mas achou que Pierre merecia uma concessão. Desde o momento em que chegaram ao restaurante, ele vinha insistindo para que ela se explicasse melhor; parecia temer que se matasse ali mesmo, usando uma faca. Laila garantiu que não planejava nenhum ato fatal, não era de seu feitio. "Mas qualquer pessoa tem o direito de pensar em suicídio", disse, "nem que seja por um exercício de reflexão."

Pierre concordou, embora não estivesse interessado nas dimensões teóricas da liberdade. Estava, sim, aflito por Laila, elaborando como seria encontrá-la morta no apartamento. Haveria inquéritos e investigações da polícia, toda a pressão da imprensa — e a família de Laila a culpá-lo por tirá-la de casa e enlouquecê-la. Diriam que ela jamais teria cometido o desatino se permanecesse com os pais, mas Pierre não soubera fazê-la feliz, ou se empenhara para que ela sofresse a ponto de não suportar. Ele se

96

remoía de medo e culpa, fingindo comer: de vez em quando, batia os talheres no prato, levantava e punha de volta o copo com suco. Laila, ao contrário, almoçava verdadeiramente e conversou com o rosto tão tranquilo como se falasse amenidades.

Terminou de expor seu raciocínio, dizendo que o suicídio é uma forma de fazer com que o mundo desapareça através do desaparecimento do próprio sujeito. Na cegueira, pode ser semelhante; as coisas não deixam de existir, porém em certa medida elas se subtraem. É um suicídio parcial, como toda mutilação. "Eu lembro quando li um filósofo na universidade" — ela continuou, mastigando — "que dizia que o vermelho e o verde não são sensações, são sensíveis." E nessa altura Laila parou, como se esperasse. Pierre bateu com o garfo, mas não disse nada; sentia o suor escorrendo pelas costas, molhando a camisa. "Você entendeu?", ela perguntou. Ele gaguejou confuso, tentando não se comprometer. Tinha perdido a linha de raciocínio, falou, e Laila sorriu para o prato, sentindo o peso de outra colher cheia: "Eu também não prestei atenção na época em que li. Mas é incrível como essas frases voltam e fazem sentido. Se não vejo mais o vermelho, não compreendo mais o vermelho. Isso desapareceu. Assim — as cores, as paisagens sumiram. Como num suicídio".

Pierre tomou um gole do suco; engasgou-se, tossiu. Laila sugeria que já não se interessava pelas viagens? Ele imaginava então que deveria cancelar as passagens para a Bahia. Talvez a multa fosse baixa — mas de qualquer maneira perdera as coleções do avô. Falou num tropeço, sem olhar para Laila, para seu rosto surpreso e depois comovido. Achou que ela continuava no modo filosófico e pessimista, com sua liberdade de pensamento macabro, remoendo a doença e o mundo impossível — mas, quando enfim terminou de falar e a viu, Laila estava corada, resplandecente de alegria. "É claro que nós vamos para a Bahia!" — disse, e ele tanto estranhou a mudança, que questionou seu desejo. Toda aquela história de objetos perdendo o significado não era uma recusa de passeios definitiva? "Ao contrário", respondeu Laila, "viajar é a única forma de eu saber que o mundo existe."

A neblina

"Quero ficar chapada na Chapada!", ela repetia aos gritos, durante o caminho para o aeroporto. Mas o fato é que Laila não bebeu sequer uma vez — e, embora tivesse feito Pierre jurar que os dois encontrariam alguma comunidade alternativa para serem levados aos mistérios xamânicos, nada disso aconteceu. Os guias turísticos eram vagos ao comentar sobre pessoas que se escondiam ao pé das montanhas. Preferiam vender os previsíveis roteiros pelas cachoeiras, ou talvez realmente não soubessem muito a respeito. Grupos isolados viviam sem qualquer marca civilizatória, produzindo a própria roupa e alimento — mas conhecê-los dependia de uma longa intimidade com o lugar, num circuito que não passava pelo ambiente comum aos visitantes. Aquele assunto permanecia secreto, como, de resto, Pierre pensava que tinha de ser. Não estava certo vender exotismo em agências de passeio; era um falso exotismo, ou, se fosse autêntico, logo seria corrompido.

Laila não desistiu da ideia de fazer uma trilha, porém. Havia tanta gente oferecendo opções de entretenimento pelas ruas, que Pierre chegou a pensar que a cidade de Lençóis se dividia entre duas categorias de pessoas: forasteiros e guias. Quando uma empresa estava ocupada, imediatamente arranjava-se outra e, na falta de uma agência oficial, o marido da cozinheira que trabalhava numa pensão também fazia o serviço. No primeiro momento, Pierre acreditou que precisaria contratar um passeio clandestino — mas um guia credenciado aceitou levá-los (sem objeção à cegueira de Laila nem acréscimo financeiro pela responsabilidade). Só depois que acertou o pacote de dois dias, com estada em Igatu e visita à Cachoeira do Buracão, soube dos detalhes preocupantes. Começou a entender o tipo de trilha pelo termo de conhecimento de riscos, que deveriam assinar. Laila nem escutou as cláusulas; apressava-se para que lhe pusessem a mão no local do papel em que iria reproduzir o próprio nome. Pierre, no entanto, reparou na prevenção que a agência tinha contra processos judiciais: o termo especificava perigos de queda, intoxicação alimentar ou alergia provocada por insetos, o contratante isentando a empresa de qualquer responsabilidade em caso de desastres.

Durante o trajeto, ficou óbvio por que o guia não cobrara um valor extra: ele tratava Laila como uma pessoa normal, sem mudar o ritmo da caminhada ou prever a mínima necessidade. Pierre lhe gritou várias vezes para que aguardasse, enquanto desciam níveis absurdos de rochas escorregadias — o guia saltitando à frente, Pierre e Laila agarrados um ao outro como inválidos numa escadaria interminável. Houve um longo trecho em que chegou a pensar que não conseguiriam. A trilha se estreitava, e o abismo à esquerda, cheio de pedras, estava isolado por uma simples corda amarrada entre árvores. Pierre teria carregado Laila nos braços, se tivesse força para tanto e também se tivesse coragem para se equilibrar com alguém no colo, sem enxergar onde ia pisando. Pensar naquilo deu-lhe a exata noção de como Laila

100

poderia se sentir, desconhecendo a altura do próximo passo, a localização de uma saliência na deformidade do solo. E, no entanto, parecia tão tranquila quanto o guia — mais cansada, com certeza, mas persistente na descida, concentrada na tarefa, sem dúvidas ou queixas.

Quando chegaram à beira do rio, foi o guia quem resmungou: tiveram um atraso de duas horas. Pierre controlou-se para não esmurrá-lo; lembrou que ainda precisariam do sujeito na subida e escutou o que ele continuava falando, agora sobre a cachoeira. Ela ficava do outro lado do desfiladeiro; precisavam colocar os coletes salva-vidas para descer boiando, pela correnteza. "Mas ninguém falou que a gente ia entrar na água" — protestou Pierre. — "O que fazemos com a mochila e os tênis?" "Deixa tudo aqui", disse o guia, escolhendo coletes pelo tamanho, dentre os vários que secavam num varal.

Pierre olhou para a grande pedra em que estavam parados: havia diversas sacolas e bagagens de turistas, sem que ninguém vigiasse. Laila já se descalçava, e num minuto tirou a bermuda e a blusa, ficando só de maiô. "Essa água deve estar um gelo", reclamou Pierre, mas ela não respondeu. Séria e aplicada, deixava o guia lhe ajustar o colete sobre o tórax. Pareciam duas pessoas obrigadas a desempenhar um ofício de vida ou morte. "Mas que droga, não deviam nos obrigar a fazer isso!", Pierre desabafou, mas naquele minuto um grupo de banhistas voltava pelo rio, eufórico. Ele ouviu seus gritinhos de entusiasmo, os comentários repetidos sobre a beleza da paisagem. Laila não contemplaria nada, mas ainda assim a experiência valeria a pena. Ela segurava o punho do guia a caminho do declive onde a pedra mergulhava na água, e Pierre apressou-se. Tirou a camisa no vento cortante e colocou sozinho um colete que o guia deixara reservado para ele, no chão. Quando chegou à margem, ouviu que Laila gritava com o teor de entusiasmo que usara no táxi.

O rio era negro se visto a distância; de perto ganhava um tom ferruginoso, como se fosse feito de óleo. No início da correnteza, os dois escorregaram de mãos dadas, mas aos poucos Laila insistiu para se soltar. Pierre ficou atento: tentava boiar na velocidade dela — porém Laila acelerava em alguns momentos, com braçadas. Houve um instante em que ela quase se chocou contra um casal, e depois Pierre acreditou enxergar, passando sob o seu corpo, uma faixa sinuosa e clara. "Uma cobra", pensou, gelando bem mais do que já se sentia. Não adiantava avisar, inclusive porque Laila não escutaria muita coisa, com o barulho da água. Ele nadou em sua direção, pretendendo puxá-la de algum modo, mas quando a alcançou percebeu que a cobra tinha sumido.

Chegaram abraçados à curva em que a cachoeira se mostrava. As pedras do desfiladeiro, acumuladas como lâminas em desnível, davam um efeito sanfonado ao paredão por onde o fluxo escorria — e Pierre teve de repetir para si mesmo: "Escorre", porque não era fácil acreditar naquilo. Os jatos pareciam se esfarelar, cair como um pó, um talco ou neblina encaroçada. Ele tentava seguir o trajeto de uma porção, escolhia um bocado, descia visualmente com ele até a explosão pulverizante lá embaixo, subia de novo, descia — e ficava enjoado. Enquanto isso, Laila rodopiava dentro do colete, dava mergulhos e deslizava, sentindo as gotas pinçarem seu rosto. Estava tão branca naquele líquido turvo, que parecia um dervixe. Pierre sorriu, quase relaxou. Em seguida, porém, tornou a ficar apreensivo. Tinha medo de encontrar outra cobra, uma fita amarela em zigue-zague no rio.

Pierre

Aluísio agendara um horário com o casal na clínica veterinária, anexa ao pet shop, e agora discursava sobre a responsabilidade com os cães, o receio de entregá-los para pessoas que poderiam se desfazer deles mais adiante, como objetos envelhecidos. Nesse caso, o animal era um labrador de sete meses de idade.

A adaptação inicial, a empatia, era muito importante: Aluísio explicava para Laila e Pierre, e eu tentava escutar, embora não pudesse suspender o atendimento na loja. Naquele momento, duas senhoras disputavam a preferência para passar o cartão de crédito na compra de coleiras. Aluísio estava numa sala próxima e a porta ficara aberta, então eu podia ouvi-lo perfeitamente. Se me esticasse um pouco, veria um pedaço do labrador de pelo dourado.

As duas senhoras saíram, e pude me concentrar na conversa. Aluísio a essa altura mostrava os comandos com puxões na correia; conduzia a mão de Laila, ensinando-a a segurar com firmeza. Saí de trás do balcão, e Pierre notou como eu os observava a distância. Acenou-me com simpatia, mas respondi num gesto rápido, sem me aproximar. Aluísio não ia tolerar intromissões "no processo": ele havia me confessado o nervosismo na véspera. Para disfarçar a inexperiência, mantinha-se bem sério, analisando como Laila passava os dedos pelo dorso do cachorro, para alcançar sua testa. Um grande sorriso vermelho se abriu, com uma língua pendente de sede. Aluísio suspirou diante do cão: "Se vocês quiserem, podem levá-lo para uma experiência em casa. Caso fique tudo certo, devem assinar um termo de posse, comprometendo-se a manter o animal".

Laila e Pierre concordaram. Um cão-guia tinha sido ideia dele, conforme depois me falou. Com as viagens, esgotaram-se os recursos para "grandes entretenimentos" — e o efeito terapêutico dos passeios durava pouco. As viagens traziam o paraíso, a harmonia de relaxamento, mas bastava que Laila voltasse à rotina para sentir-se mal. Agarrava-se a lembranças, fitinhas de Nosso Senhor do Bonfim, pequenas esculturas em madeira, colares feitos de semente: experimentava seus contornos com a ponta dos dedos, andava a segurá-los por dias, como fizera com a tartaruga em pedra-sabão — mas depois criava uma intolerância ao objeto a ponto de não suportá-lo. Pierre salvava as recordações do seu alcance, dispondo-as no alto de prateleiras. Sabia que a única coisa capaz de lhe recuperar o ânimo seria outra aventura. "Mas eu estava entrando numa armadilha" — assinalou. — "Porque nunca teria dinheiro suficiente."

Foi então que recebeu a propaganda, um panfleto informativo sobre os cães. Com o treinamento correto, eles auxiliavam um cego, davam-lhe independência para andar nas ruas, trabalhar, fazer quase tudo. "E você sabe que hoje é lei que qualquer ambiente, seja restaurante, hotel ou aeroporto, aceite a presença do cão-guia? Ele não é visto como um animal, e sim como uma espécie de empregado, um funcionário da pessoa." Sim, eu sabia, claro. E tive vontade de acrescentar que, se não soubesse, não estaria trabalhando na única loja da cidade que supostamente fornecia adestramento naquele setor — mas parei, porque me pareceu que Pierre se envergonhava. Ele havia falado num impulso de confissão, sem atentar para quem eu era ou para como nos tínhamos conhecido. O seu convite para o café fora um puro ato de egoísmo. Ele precisava desabafar, e eu, como observadora compulsiva, estava disposta a escutá-lo.

Naquela tarde, quando saíam na companhia do labrador, por um instante eu os vi parados diante do meu balcão, para uma última pergunta, sobre o nome do cachorro. Aluísio sorriu constrangido, disse que não havia um nome; eles eram os primeiros donos, de modo que poderiam chamar o cachorro como quisessem. Laila ficou paralisada: percebi o seu fascínio, a hesitação cruzando sua fisionomia — como se fosse uma criança ofuscada pela tarefa de escolher entre mil brinquedos. Um segundo depois, ela disse: "Pierre!", e o cão imediatamente levantou a cabeça. Ficou de orelhas empinadas, atento, enquanto o *verdadeiro* Pierre dava uma falsa risada, dizendo que era boa escolha. Aluísio riu também, e acompanhei o clima — mas notei que Laila esboçava um estranho sorriso irônico.

O mendigo

O cão veio em boa hora, pensava Pierre. Embora no começo rejeitasse a presença do bicho aos pés da cama, como uma sombra viva a espreitá-lo, aceitou quando Laila insistiu que o animal dormiria com eles no quarto. Imaginava que em breve ela se cansaria da respiração extra, do cheiro selvagem e doce a transpirar do corpo dourado. Passou-se uma semana, porém, e Laila ainda se divertia chamando "Pierre!" para alternadamente dirigir-se a ele ou ao cão. Na realidade, nem precisaria chamar o cachorro por nome algum; ele estava sempre atento, até quando dormia — havia uma permanente tensão em seus músculos. Pela réstia de luz que vinha da rua, Pierre notava como aquele dorso mal se mexia, as costelas se expandindo pouco. Tinha o sono levíssimo, típico dos escravos e dos guardiões.

O cão parecia entender que sua missão ia além de conduzir Laila, aprender seus trajetos. Ele a defendia com ciúme — e Pierre adivinhava a ferocidade em seu olhar miúdo. Durante todas aquelas noites, apavorou-se ao pensar que o animal poderia estranhá-lo num pesadelo, pulando em seu pescoço. Comentou isso com um colega do trabalho, que lhe endossou o receio. Ouviu histórias de traição de cachorros fiéis, que de repente enlouqueceram. Voltou para casa disposto a convencer Laila: "Pelo menos para dormir, ele fica na varanda", sugeriu. "De jeito nenhum" — ela respondeu. — "O cachorro é meu guia o tempo inteiro." "Mas quando você está dormindo, não precisa dele." "E se eu quiser ir ao banheiro?" "Você sabe muito bem onde fica o banheiro!" "Não tenha tanta certeza", ela replicou.

A discussão levaria horas e continuaria inútil — de modo que Pierre se calou. Então, à noite Laila o buscou por baixo dos lençóis, completamente nua. Conseguiu acariciá-lo de uma forma que o fez esquecer qualquer rancor, colando-se às suas costas com a ponta dos seios duros. Ele fez um movimento para dobrar-se sobre ela e beijá-la — mas o silêncio se rompeu. O cão estava em pé, com as patas dianteiras avançando sobre a cama. Era um vulto na penumbra, e seu latido passaria por qualquer barulho de advertência: tiros, bombas ou grito súbito. Pierre pulou do colchão, enroscando-se no lençol, caindo; o cachorro foi cheirá-lo, circulando-o mesmo após reconhecê-lo. Passou minutos a seu lado, sem que Pierre tivesse coragem de sair e abandonar o riso frenético de Laila.

Esteve a ponto de tomar uma decisão: passaria o resto da noite num hotel. Poderia sumir por um dia ou dois, deixando Laila entregue à própria sorte. Depois, voltaria, é claro — o apartamento era seu. Mas o retorno seria para fazer as malas da namorada, deixá-la na casa dos pais. Se ela não quisesse retornar, ele telefonaria pedindo que viessem buscá-la. Ou chamaria a polícia, se preciso, para expulsar a mulher e o cachorro.

Pierre via-se fazendo uma denúncia ridícula, os policiais escondendo o sorriso diante dele — um homem incapaz de arrastar uma cega até o carro. Seria fraco o bastante para não aguentar seus protestos, seus gritos e tapas quando a obrigasse a deixar a casa. Ainda haveria o cão latindo como fizera pouco antes: uma voz rascante, de estremecer. Os policiais sairiam com Laila e o bicho como se conduzissem dois loucos, e Pierre ficaria remoendo a humilhação. Talvez um vizinho batesse na porta; uns golpes suaves. Pierre não abriria; o vizinho seria ardiloso o suficiente para simular uma preocupação, mas no fundo interessava-se por detalhes do escândalo. Continuaria batendo, forçando a maçaneta, e Pierre se cansaria de fazer pressão contra a madeira, relaxaria a resistência, exausto sobre o assoalho.

O cão, já completamente calmo, andou rumo à área de serviço, onde ficava sua vasilha. Quando tinha se distanciado, Laila parou de rir para lhe gritar: "Não venha mais aqui, seu danado!". Em seguida foi em direção à porta, nua contra a luz da janela. Tropeçou em Pierre, o homem caído, que não viu sua malícia. Ele apenas escutou: "Acho que nós fomos interrompidos" e pegou-lhe a mão estendida para subir de novo na cama.

O amor

Depois daquele episódio, o cão passou a dormir na varanda, tão adaptado como se jamais tivesse feito outra coisa. A mudança ocorreu espontaneamente na noite seguinte, quando Laila o conduziu, pela coleira, na direção da pequena sacada. O cachorro ficou lá, sentado como uma peça decorativa, enquanto Pierre pensava que talvez fosse perigoso deixá-lo num espaço com alternativa para saltar no vazio: estavam num terceiro andar, sem rede de proteção. Por um momento viu a sombra dourada pulando em câmera lenta — existiam cães suicidas? Mas não havia remédio; deixá-lo dormindo na sala ou na cozinha traria consequências de sujeira — e não era Laila quem limpava. Ela saía com o cachorro, mas nunca parecia encarar o passeio como um instante para que o bicho fizesse suas vontades. Se ele parasse um momento, ela puxava a guia, sem adivinhar o motivo da demora. E, naturalmente, não fazia como as pessoas que recolhem as fezes do animal com um saquinho. A quem reclamasse, ela responderia que era cega; tinha graça se ficasse tentando encontrar dejetos na rua, com uma pá.

Na realidade, Pierre tinha a impressão de que Laila faria exatamente o mesmo, se não precisasse. Ela gostaria de passar uma temporada fingindo ser cega, usando óculos escuros e saindo com o seu "assistente" na coleira. Com ele, ia a parques, entrava em cinemas e lojas. Dava-lhe prazer incomodar as pessoas, ameaçá-las de certo modo, porque sabia que algumas têm fobia de dentes e garras, não podem ver um bicho grande, ainda que ele permaneça calmo.

O labrador podia ser necessário, mas Laila não se preocupava com ele. Não se lembrava de alimentá-lo ou levá-lo para o banho; queria somente que estivesse à disposição, como um veículo ou uma máquina. Ao lhe falar sobre o problema da varanda, Pierre esperou que Laila comentasse algo parecido com o receio que ele tinha, mas ela se manteve distraída. Pensando que sua frieza viesse da falta de visualização do ambiente, Pierre cedeu ao remorso e decidiu que o cachorro não dormiria ali, afinal. Seria trabalhoso limpar a sala ou a cozinha, mas era garantido que o animal não pularia, por um estímulo ou susto que houvesse. Laila escutou seus argumentos sobre a possibilidade de um acidente, mas não fez nada além de se virar na cama e dizer "Besteira", antes de dormir.

Os deuses petrificados

A pior ameaça para um cego é o ócio, a monotonia que impede de criar coisas. Laila afirmava que seria menos inquieta se tivesse boa voz, cantando para se entreter — ou caso tivesse o dom de um profeta, em quem a falta de visão aguçava um tino para o futuro. Ela gostaria de prever os fatos; seria um exercício mais envolvente do que o jogo com as vozes. Aliás, na altura em que Pierre, o cão, foi adquirido, Laila já havia abandonado o seu exercício sonoro. Não se interessava pelos latidos do animal, sinalizando dor, fome ou qualquer tipo de desejo. "O adestramento devia minimizar os instintos", completou Pierre, "mas parece que o bicho ainda não estava totalmente treinado."

Eu perdia a esperança de encerrar a conversa, mas de que me importava o horário? Ninguém me esperava na quitinete que aluguei, tão úmida que os pôsteres se descolavam da parede com poucas horas de pregados. Eu queria saber como tudo tinha terminado, como Pierre chegara ali, traído por uma cega que lhe era dependente. A não ser que o cão tivesse trazido liberdade em excesso, Laila terminando por conhecer alguém durante os passeios... "Não foi bem desse jeito" — Pierre me interrompeu.

Laila, na verdade, após um curto período de exibicionismo com o cão, voltou ao comportamento autodestrutivo. Começou por desistir de passear, dava-lhe pânico. De repente sentia palpitações com o fluxo do tráfego, o ruído de sapatos em todas as direções, pipocando ao redor como se fossem balas de um faroeste na cena em que o bandido obriga o xerife a dançar. Certa vez começou a chover repentinamente, e Laila já ia aturdida pelos barulhos, tentando seguir o cão. Quando notou as primeiras agulhadas no rosto e no braço, gritou desesperada. Ninguém se aproximou; ao contrário, as pessoas fugiam ou se esquivavam, acreditando ver uma louca com um cachorro, ou alguma mulher de óculos escuros desamparada subitamente ao receber uma notícia trágica.

Laila deu um segundo grito, mesmo depois de compreender: os pingos eram somente chuva, agora a engrossar. Um senhor se aproximou, curvado e com o aspecto enguiçado que certos velhos têm no quadril. Pegou o braço de Laila, disse algo para tranquilizá-la. Pierre, o cão, olhou para ele manso, como se soubesse que era uma ajuda, uma voz que ele não possuía, explicando que estava tudo bem, e qual era o endereço dela, para que pudesse voltar? Aquele senhor tinha um filho cego, por isso reconhecia a postura de terror vertical. Todas as pessoas se agacham quando estão apavoradas, ou se enroscam, se jogam no chão — menos um cego. Um cego se apavora em pé, e é comum esse medo súbito, apesar da bandeira de independência, farfalhante na mão da mídia ou de qualquer um que esteja por fora.

Por fora da experiência, Laila pensou, completando a fala do homem que a deixava em segurança na porta do prédio onde ela distinguia, sob os pés, a textura da calçada. Sabia que logo adiante havia o saguão em que circulava um ar frio. Ela puxou

Pierre para o elevador, sem agradecer a gentileza do estranho. A ideia martelava, insistente: uma coisa tão óbvia, mas que ainda não lhe tinha ocorrido. Pois ela estava *dentro* da experiência, dentro da cegueira. Era reconhecida por outros que também viviam aquilo, ainda que de modo indireto — um pai acostumado à linguagem física de seu filho. E esse homem desconhecido lhe dizia algo dela própria, algo em que ela nunca havia reparado. Os cegos, com medo, são paralíticos. São postes de horror, sem capacidade de fuga — a não ser que desvariem como galinhas afobadas, correndo de mãos à frente para evitar obstáculos na cara (o rosto é o que se preserva primeiro; o instinto nos diz para proteger os olhos — mas quem é cego não precisa muito disso), num lance semelhante ao daquela expressão, "como cego em tiroteio". Laila se sentiu justamente assim, imersa no espocar sonoro da rua, na série de explosões com coisas trincadas, raspadas e batidas, um raio de cortes invisíveis — não seria dramática se o afirmasse. E reagiu da maneira prevista; virou estátua gritante, com um cão ansioso e impotente na extremidade.

Ela estava dentro de um susto rígido. A sua tristeza poderia assumir uma forma dobrada, de caramujo, como na vez em que não conseguiu sair da cama. Mas, quando se tratava de medo, do instinto mais espontâneo que jamais existiu, Laila desistia de se defender. Permanecia em pé, fincada no chão e congelada, como se deixasse de ser humana.

A caverna

Os fatos se precipitaram em novembro, embora no princípio do *ciclo de separação* houvesse uma atmosfera de lerdeza. Pierre mencionou aquele "ciclo" como quem está resignado a um fenômeno lunar que não pode conter. Eu explodi numa pequena revolta, comentando que ele idealizava demais a mulher. Não existia nada sagrado nela, a cegueira não a transformava em deusa ou mártir. Inúmeras pessoas viviam na mesma condição, e muito mais tranquilas, menos torturadas. "Mas Laila é artista", ele falou, e então larguei o garfo com que tinha começado a tamborilar na mesa, fazendo um ruído de indignação. Lembrei meus amores passados, com músicos, desenhistas, escritores e até dançarinos — nenhum deles famoso para além dos gritinhos de meninas levemente histéricas. Nenhum artista no sentido pleno da palavra, com prestígio legitimando disparates. E, apesar disso, cada um deles era torturado em algum nível, um ser inquieto desesperando-se com algo que nunca alcançava. Nossas relações foram rompidas pelo inconformismo que os fazia largarem um convívio quando ele começava a ficar estável. Dava-lhes um tipo de comichão, uma angústia por se livrarem de mim, e diziam claramente que não suportavam mais, de uma hora para outra tudo se rompia, e diziam mesmo com lágrimas, como se obedecessem a um comando superior ou estivessem obrigados a me deixar. Houve os covardes, que através de bilhetes pediram que eu esvaziasse gavetas e sumisse — mas a maioria veio com conversas chorosas: "Perdão, eu sou um canalha, você merece alguém melhor".

Falei a Pierre que não acreditava em ciclos, principalmente no caso de artistas. Eles são imprevisíveis, lidam com o tempo de maneira diversa, querem se desvencilhar da rotina. Um ciclo é uma rotina, portanto eles não chegam a formar uma etapa de separação. Separam-se subitamente, porque percebem que o relacionamento virou um tédio ou os impede de criarem obras novas. "E que novidade poderia servir para uma cega, convenhamos? Por mais criativa que fosse, tudo era parecido na percepção geral", eu disse, e ele me rebateu: "Você está enganada; não sabe o que acontecia nas viagens". Fiquei desconfortável, embora a última coisa que goste de sentir seja pena de um homem. Calei, e Pierre tornou a dizer que acontecera uma fase de ruptura, sim, esticada o quanto ele pôde. Elaborou estratégias de prolongamento no instante em que percebeu Laila a escapar.

Ela própria talvez nem reparasse que já tentava fugir mentalmente, buscando alternativas solitárias. Achava que o seu desgosto era motivado pela doença apenas, e o companheiro não tinha culpa de nada. Mas logo começaria a odiá-lo, comparando-se a ele, julgando-o inferior nos quesitos que valorizava. Pierre não passava de um burocrata, um sujeito indiferente ao mundo. Tinha sensibilidade próxima do zero para artes, passava anos sem entrar em museus ou teatros, e nem com música possuía intimidade. Era pálido e feio, a pele sempre fria... podia compensar as defasagens com bons interesses! Entretanto, sentava-se diante da tevê para acompanhar filmes de enredo banal, ou se punha a assistir a partidas de tênis até que a cabeça de Laila abrisse buracos imaginários, todos do tamanho de uma bola amarela. Ele desligava o som do televisor, mas a vibração continuava, com a ideia de que o máximo da intelectualidade que ele alcançava era um esporte de ricos que jamais conseguiria jogar.

Eu começava a pensar que Pierre havia intuído o repúdio que Laila poderia sentir contra ele inclusive quando, um ano atrás, tinha lhe proposto um encontro após ter mostrado o mapa-escultura do avô. Deve ter notado, em qualquer expressão ínfima de seu rosto, o erro cometido ao lhe entregar a xícara com precaução em excesso. Sim, havia essa hipótese: de que Pierre tivesse ido procurá-la na universidade justamente para não dar chance à raiva iniciada. Barrou o processo com displicência — e os primeiros beijos foram quase distraídos, sem nenhuma solenidade. Pierre forçava um ar irresponsável, para que Laila não se apavorasse. Foi quando percebeu que ela ansiava por sair da casa dos pais que a chamou para morar no seu apartamento.

Na vida em comum, ele aceitara a missão de entretê-la o máximo possível. Laila precisava de turbulências para se revigorar — e seguiram-se inúmeros casos em que sua disposição esteve por um fio. Pierre então saltava para costurar com um convite, uma ideia ou uma viagem, o lado esgarçado que ameaçava romper. Foi assim, consertando os indícios de desgaste, que a separação durou meses, agonizando nas tentativas de Pierre salvá-la. Mas isso ele fez por egoísmo e carência, disse. A primeira atitude de Laila seria largá-lo, se não tivesse mais um alívio para o seu forçado jogo de adivinhas em que tocava o mundo para conhecê-lo.

O constrangimento

Laila, em certo momento após o episódio do grito sob a chuva, desenvolveu aversão ao contato. Uma crise de pânico a fez postar-se nua, braços e pernas afastados para não roçar em nada no quarto, nem roupa ou paredes, nada que fosse estranho ao próprio corpo a tocava, exceto os centímetros de chão sob os pés, ou as partículas de ar ao redor. Parece que ela podia percebê-las, aglutinando-se em volta da pele, buscando entrar pela boca, ouvidos, narinas. As partículas queriam ser respiradas, confundir-se com o corpo de Laila, mesclar-se. "É assim com tudo", ela pensou, enquanto calculava que Pierre logo a encontraria parada como um boneco duro, um alfinete humano. Nunca esteve independente, solta por completo. Sempre houve algo maior a envolvê-la, engoli-la — desde a gestação, o invólucro isolava um mistério acima e abaixo do ventre de sua mãe. Como se uma estrada desse um nó e depois continuasse, reta e vertical, em oposição a esse nó redondo e suspenso: flutuava presa a um cordão de sangue, como flutuam os balões numa feira.

Mas tudo é cansativo. Um cego não pode relaxar; tem de estar contando passos, percebendo ruídos, de orelhas empinadas como antenas. Devagar, Laila começa a se mexer, toca um pedaço da cama, senta, deita. Pierre não chegou, não saberá como ela se salvou do desespero agudo. A aceitação é o mais sério apelo de sobrevivência — e transforma emoções, princípios, sabores. Como na velha história do homem perdido numa ilha, sem comida, e na companhia de um cadáver. O morto foi um amigo ou parente, pouco importa; o sobrevivente o comerá, para continuar vivendo. Fará isso não tanto pela fome, mas pela aceitação do destino. O cadáver é um convite à violação de leis; ele pulsa, obsceno como se dissesse: aceite a promiscuidade. Se ele não estivesse na ilha, o náufrago pensaria em catar bichos na areia, ou comeria folhas, sementes. Mas o cadáver sugere coisas — e a sugestão vira ordem. Se alguém se rende às circunstâncias, é fácil tornar-se monstruoso.

"Apesar disso, que desejo de parar a vida e enviar um dublê para cada lugar!", pensa Laila. E ela apenas permaneceria, como água estagnada. Como um enxame de abelhas afogado: palpitação submersa, sem forças para vir à tona. Rodopiar, rodopiar, com um aro invisível no peito. Não encarar qualquer cadáver.

Laila ficou na cama por dias, sem esboçar reações nem quando Pierre a provocou, chamando-a de covarde (o que antes teria um efeito instantâneo de protesto). Finalmente, ele decidiu chamar os pais dela, para uma visita-surpresa. Telefonou do trabalho, sabendo que Laila continuava em casa, tão encolhida quanto uma daquelas múmias enfiadas em potes milenares. O pai atendeu com voz ríspida o bastante para que Pierre começasse a se arrepender — mas não havia outro jeito. Passou por todas as etapas pelo telefone: apresentação (com o pai de Laila hesitando em cumprimentar Pierre, embora soubesse perfeitamente quem ele era: o homem que lhe levara a filha e para quem tinha de passar dinheiro), explicação dos fatos (se é que podiam ser explicados, num simples resumo do que estava acontecendo: "Sua filha entrou em colapso"), reverberação (com as idas e vindas típicas de quem não aceita nem entende, mas depois se dispõe a ajudar, num resmungo estrondoso), despedida afinal.

Pierre encerrou a chamada com alívio e receio. Laila poderia ter uma reação extrema: se nunca quisera grande contato com a família, devia ter seus motivos. Ele próprio não tolerava durante muito tempo os parentes. Uma visita de férias servia para não ser visto como ingrato — e isso, diante de toda a amizade que sentia pelo pai, sujeito sem grandes efusões de sentimento mas, justamente por isso, respeitador. A mãe era invasiva com suas insistências religiosas, embora a presença do marido conseguisse controlá-la. Talvez fosse feita do mesmo molde que a mãe de Laila, escondendo fragilidades por trás de santos, apegando-se à desgraça como um sinal divino, e assim para elas tudo se justificava. Até a morte vinha como uma bênção, no jargão dos fanáticos.

Mas a diferença entre as duas mulheres começava pela aparência. Pequena, quase uma boneca, uma marionete sem corpo sexual, era a mãe de Laila. Não pintava os cabelos e andava com passos miúdos. Bem possível que desde criança tivesse um talento para a velhice, carregando sua energia como uma lâmpada que produzisse penumbra em lugar de luz. Diante do marido ela se calava, ou se pronunciava algo era impossível ouvi-la, com o homem a cortar suas palavras, cortando também o ar com gestos de guilhotina.

Ao entrarem no apartamento o timbre dele ressoou, pondo o cão alerta, num desespero de latidos mal abafados. Tinha sido trancado na varanda, após minutos de dúvida sobre o melhor local onde escondê-lo. Na varanda não estava exatamente escondido, já que se via a sua sombra dourada para além das portas de vidro. Entretanto, era mais higiênico mantê-lo ali, em vez de isolá-lo na cozinha ou num dos quartos. Na sala, solto, não poderia ficar: Pierre, o homem, antevia uma briga feroz, e agora, enquanto o pai de Laila se aproximava da varanda para medir forças com o bicho, sentiu como este se intimidava, baixava as orelhas e deixava de latir. Laila apareceu nesse momento, segurando nas paredes do corredor, a cabeça baixa no feitio de uma embriaguez ou acidente grave. Ouvira a voz do pai alternar com a do cachorro, e depois o cachorro em silêncio — sabe-se lá o que havia acontecido. Era possível pescar um cão, esganá-lo numa forca-anzol? A coleira funcionava como laço, bastava apertá-la para um funcionamento idêntico: falta de fôlego, respiração faltando, fim.

Mas depois do fim existe alguma coisa — segundo a mãe de Laila. Ela começou a lhe falar num sussurro, amparando-a para que chegassem, como raquíticas trêmulas, até a sala. Homens e cão ficaram mudos, fosse por respeito ou medo. Laila sentou na ponta do sofá, sem levantar o rosto, e inclusive mantinha os olhos fechados, como se temesse enxergar outra vez. A mãe falava sobre espíritos bons, anjos e santos a rodeá-la, terços puxados toda noite, novenas para acontecer e, quando tudo isso não funcionasse, viria a conformidade, o processo de resignação que aproxima criatura e criador — da mesma forma que a vítima fica perto do seu carrasco a ponto de se confundir com ele. No sacrifício, são um só: as mãos que apertam misturadas com o pescoço ou com o machado e, pelo menos no instante de uma pintura (uma cena imóvel de morte qualquer), ambos compõem um híbrido, metade fraqueza e metade poder. Assim pensou Laila, enquanto lembrava a imagem de telas com patíbulos, cadafalsos e suplícios. Estavam impressas em sua mente, voltavam velozes como se cada piscar de pálpebras trouxesse um quadro por dentro.

Alguém poderia dizer que foi um milagre sugestionado pela mãe, ou a própria presença materna havia resgatado uma força que a filha tivesse. Pois Laila recuperou, aos atropelos, os pedaços de Tiradentes na tela de Pedro Américo, o crânio descansando num degrau superior e o corpo se desfazendo em zigue-zague. Em seguida, a Medusa apareceu — mas de repente seu grito não era mais o de Caravaggio. A boca exasperada se replicou nas mulheres em desespero, no lamento de Niccolò dell'Arca. Laila se agitou com tanto sofrimento, mas sentia o êxtase de rever tudo — e não somente porque fossem obras de arte. Se lhe pusessem diante uma carnificina real, sob a condição de que a enxergaria por um minuto antes de voltar à cegueira, Laila diria sim. Estava disposta a arregalar o rosto para um pesadelo, desde que ele fosse nítido.

Ela assumiu uma expressão de voracidade, os olhos abertíssimos criando rugas na testa. Seu rosto havia se levantado, e bem à frente seu pai rompeu, num estrondo de pavor: "Que cara é essa, menina? Fique direita!". Laila estremeceu, levou um choque nos nervos. Pierre, o cão, latiu e pôs-se em pé, do lado de fora do vidro. Depois calou e sumiu, enrodilhado num canto; não havia perigo de que pulasse para a rua enquanto ouvisse pessoas no apartamento. E, a depender do pai de Laila, aquilo duraria: agora ele falava sobre coisas bem diferentes das que a mãe tinha evocado. Enumerou termos como obrigação, juízo, vergonha e vontade. Laila mantinha os olhos e a boca fechados, mas um franzido vertical entre as sobrancelhas era a pista de que tentava se concentrar, fugir para uma reentrância onde existisse algo.

E ela encontrou outra cena, conforme disse a Pierre horas mais tarde. Ou conseguiu remontá-la, com os fragmentos de memória que, nesse episódio, nunca foram muito explícitos. Era criança, pequena a ponto de perceber que seu corpo vivia próximo do chão. A distância da cabeça para os pés era curta, e por causa disso o piso sempre parecia mais atrativo do que o mundo de cima. Tão fácil dobrar as pernas para brincar com os objetos mínimos que surgiam: ciscos, papéis, bitucas, tampas de garrafa. A todo momento vinha o desejo de parar a caminhada e recolher quinquilharias — mas alguém lhe puxava o braço, erguia o seu ombro, chegou certa vez a levantá-la inteira por um dos pulsos: subitamente desapareceu o chão. Foi um voo rapidíssimo, talvez tenha durado cinco metros, o suficiente para poucas passadas de um adulto. Mas, quando puseram Laila no solo, ela ainda se sentia atravessada pela inconstância, pela ideia de que um pedaço do corpo se transforma em gancho e se é carregado por completo, na direção que outra pessoa quer. Ela sacudiu o vestido como fazia após levar uma queda: simples gesto de defesa, distração para não chorar. Depois, olhou para cima, para o homem que a fisgara — mas ele estava de costas, parado. Diante de Laila, havia um prédio branco com pastilhas azuis. Ela se obrigou a contemplá-lo para resistir ao impulso de catar coisas no chão. O pescoço doía, mas Laila continuou olhando o prédio e as nuvens passando por trás dele, como raios de fumaça.

Aos poucos, o prédio parecia amolecer e se precipitar. Laila conteve um grito, porque calculou que tudo cairia também sobre os que estavam perto, e não quis avisar, para que morressem juntos. Se gritasse, alguns teriam tempo de fugir, embora ela jamais conseguisse escapar, com suas perninhas miúdas. Segurou, portanto, o medo e seguiu olhando. Sentia-se heroica, enquanto as nuvens passavam cada vez mais velozes e o prédio ia se inclinando, fazendo uma curva de vertigens. Enfim, não suportou: fechou os olhos para ser soterrada, e a cada segundo parecia que os blocos de pedra chegavam, na queda guiada para um território onde Laila era o núcleo.

Naquele dia a voz do pai soou como a primeira pedra. Logo em seguida ele a puxou pelo braço dolorido. Laila despertou para um edifício que se mantinha reto como se nunca tivesse sido flexível. Foi sua mais antiga experiência de decepção — ela concluiu. Pierre a escutava, deixando a penumbra invadir o apartamento, e já o cão não passava de uma massa quieta sobre o piso. Os pais de Laila haviam partido com barulhos divergentes, misturando orações e reprimendas. Agora não seria fácil distanciá-los de novo; Pierre deveria se esforçar por distraí-los quando atendesse os telefonemas futuros. Posaria de culpado por sonegar a presença de Laila — mas ela avisava que não voltaria à intimidade com sua família. Havia, ao menos, reagido com ânimo. Mesmo que fosse um ânimo de irritação e desgosto, Laila estava provisoriamente longe do abismo.

O jantar

Seguiram-se dias de disputa, no limite entre ironia e violência. Pierre aceitava porque, como dizia, sentia-se responsável. Desde que se atraiu por uma jovem em perda progressiva de visão, e desde o instante em que resolveu chamá-la para morar em seu apartamento, compensando o esforço de servi-la com a chance de contemplar sua beleza, fingir que ela era uma conquista para um homem como ele, tão feio — desde esse tempo, Pierre já era excessivamente responsável. Laila aproveitava-se disso, recusando tarefas mínimas, para gozar o conforto. Quando queria, ela se tornava bem independente e orgulhosa disso. Mas quase sempre era um fardo nas mãos de Pierre, pesava-lhe numa espécie de preço que ele devia pagar por sua companhia.

A carga se adensou com a culpa, graças à visita dos pais. Embora fosse justificável aquela má surpresa, pela consequência positiva (a reanimação de Laila; baseada na fúria, mas ainda assim uma reanimação), Pierre sentia-se humilhado, transformado num traidor. E não há diferença entre aquele que dá um telefonema secreto e o outro que investiga roupas, segue percursos, contrata um detetive — ou fotografa obsessivamente uma pessoa, à revelia. Ele tinha experimentado também essa última infração contra a intimidade de Laila; ela não sabia, mas agora o seu aspecto de censura envolvia toda fraqueza que Pierre pudesse ter. Os gestos vagarosos, os comentários vazios (completamente diferentes do seu estilo de conversa), davam pistas de que ela se modificava. Ou sonegava sua autenticidade, oferecendo a Pierre um simulacro, uma caricatura medíocre, para que ele comparasse. Laila antes e depois. Depois da decepção que sofrera com ele.

Era preciso quebrar o constrangimento, a parede súbita que se constrói diante de quem desconhecemos por um ato inesperado. Pode-se conviver com alguém durante anos, e de repente — pluf! — acontece: uma traição ou opinião terrível que jamais prevemos. E, por mais que aquilo tenha sido um deslize, uma possessão demoníaca ou até influência de outra pessoa — não se consegue esquecer. Existe uma zona impenetrável e perigosa; talvez todo mundo pressinta as fendas de mistério alheio. Mas a paz exige que se cubram os precipícios, que se diga: "Este é o meu segredo cruel, e em nome da tranquilidade guardo os monstros calados e imóveis como se não estivessem lá". Pierre não fez isso; escancarou seu ímpeto, trouxe visitas sem aviso, e ainda por cima visitas perturbadoras como só pai e mãe conseguem ser. Laila em resposta ergueu um muro invisível, escondeu por trás dele a sua personalidade e passou a fingir.

Quem passava para o lado de fora do muro, quem convivia com Pierre e simulava serenidade, era a Laila falsa. Ela não parecia estável ou sequer definida; podia mudar de ação com rapidez. Foi o que aconteceu, quando o ritual da monotonia cortês, cheio de silêncios, deu lugar a um jogo agressivo. Pierre convidou Laila para jantar com amigos do trabalho dele, e este já era um contexto novo, portanto estressante. Pierre, inclusive, não tinha propriamente amigos; convivia com os colegas na repartição — mas de nenhum saberia apontar preferências em filmes ou comida. Falavam dos temas gerais que se desenrolam com anônimos: futebol, clima, política. Entretanto, as pessoas do trabalho de Pierre eram *convidáveis*; tornava-se possível (de uma maneira que nem soaria tão artificial) chamá-las para um jantar em comum, uma confraternização sem motivo, quase uma futilidade —, e assim ele arranjou a coisa, fez a proposta com um ar descontraído.

Os colegas concordaram sem grande espontaneidade. Pierre não lhes dera tempo de pensar; tinha marcado logo para a noite seguinte, num restaurante do bairro onde moravam. Podiam levar esposas ou namoradas, Pierre levaria Laila — e aí se deu conta de que nenhum colega sabia que ele se relacionava com uma cega. Lógico, não eram íntimos o suficiente para que anunciasse aquilo, ou mesmo comentasse com discrição o fato. Nunca houve oportunidade, gancho temático em conversa que conduzisse o assunto.

Uma das centenas de fotos que Pierre tirou de Laila estava em moldura sobre a sua mesa de trabalho, mas por ela não se percebia a deficiência: uma simples mulher de perfil, olhos baixos, cabelo despenteado. Bonita, sim, inegável isso — mas ninguém esboçara a curiosidade de saber quem fosse, namorada, irmã, prima. Na realidade Pierre não despertava interesses; havia também um muro em relação a ele e os demais. Ele passava como uma sombra, tentando incomodar o mínimo; era um descartável, tão transparente que não merecia ódio nem desprezo.

Todo mundo já conheceu pessoas assim, insignificantes a ponto de jamais serem alvo de um pensamento. O que acontece quando essa criatura imperceptível aparece convidando para jantar? O choque de sabê-la atuante é o suficiente para que se concorde. No instante da aceitação, a mente está vazia e atordoada. A pessoa não ganhou corpo, não ocupou o pensamento alheio de fato — de modo que a concordância veio automática, resultado de um otimismo instintivo, ou de uma atração pelo mistério que define nossa espécie. No entanto, um segundo depois (quando quem fez o convite se distanciou) surge a desconfiança. E o arrependimento. Finalmente, o embaraço de recusar, após ter dito sim, obriga o convidado a comparecer. Na noite marcada estão lá, três colegas de trabalho com suas esposas. Laila e Pierre chegam, com o cachorro.

A escapatória

Já no princípio, o encontro anunciou o desastre que viria a ser. Pierre atravessou o salão do restaurante dividindo sua atenção entre a necessidade de explicar, num sussurro, a presença do cão-guia para o maître, e a urgência de conduzir Laila na direção correta. A fração de minuto que durou sua primeira atitude foi o bastante para que um casal pulasse de susto numa mesa próxima, onde o cão farejava o bife na travessa. "O adestrador não treinou esse bicho direito", disse Pierre, à guisa de desculpa. O casal não teve tempo de se enfurecer; o maître se ocupava em substituir o bife salivado, e Laila parecia animada: "Ai, como eu queria ter visto a cara deles!", ela comentou, em voz alta. Os colegas, na mesa ao fundo do salão, estavam todos voltados para a cena, tentando descobrir o que havia acontecido. Faltavam mais alguns passos, e Pierre, o cão, continuou querendo se aproximar de outras pessoas que jantavam. Ia seguro do modo mais autoritário, conforme Aluísio ensinara. Mas naquela ocasião o próprio adestrador enfrentaria resistência com um animal faminto, e não

128

rebelde. Laila, de propósito, tinha esvaziado sua vasilha desde a manhã — e deixou para contar aquele "segredinho" a Pierre só quando voltavam para casa, depois do jantar mais terrível de sua vida.

Pierre aceitou tudo, resignado como alguém que merece uma vingança. Se fosse pensar imparcialmente, nem havia muito a sacrificar. Os colegas não tinham sentimentos de amizade por ele. Que importava se comentassem as loucuras de sua namorada cega? Aquela noite chegaria, em detalhes, a ouvidos desconhecidos; amigos dos colegas e das esposas, parentes, vizinhos ou figuras de convívio esporádico — na academia, no curso de línguas ou nos rostos da internet, uma multidão se espantaria com o relato, alternando entre o susto sincero, a piedade e o humor. Saberiam como Laila alcançou a mesa, estendendo os braços para o ar como se fosse uma mística pulverizando com energia as criaturas que não enxergava. A esposa de um dos colegas tocou-lhe uma das mãos com os dedos, numa espécie de cumprimento frouxo — mas Laila imediatamente a agarrou, enfiando as unhas na mulher e percorrendo o braço dela como se fosse uma corda, até alcançar o ombro e o rosto. Então, chegando à cabeça, Laila se agachou, à maneira dos que falam com uma criança. Começou a explorar a fisionomia da mulher de um jeito exagerado, borrando sua maquiagem e quase deformando as bochechas. Fez algo parecido com o cabelo, num amassado ríspido, e falava coisas do tipo: "Muito prazer em conhecê-la", "Não repare nos meus modos, eu sou cega".

As outras duas esposas se horrorizavam, esperando o instante em que seriam também descabeladas. E Laila não dispensou ninguém. Deu a volta na mesa, demorando-se em cada pessoa, chamando a atenção do restaurante inteiro. Era como uma fiscal que revistasse os rostos um por um, e de forma violenta, porém revestida pela falsa simpatia da deficiência. Pierre permaneceu em pé, segurando firme a guia do cachorro enquanto durou aquele rodízio de apresentações táteis. Notou que Laila parecia demorar perigosamente nos lábios de um dos colegas, o mais jovem, que riu entre o pânico e o desconcerto ao sentir os dedos serpenteando por sua boca e depois pelas orelhas. A esposa dele também hesitava entre raiva e paralisia — afinal, cumprimentos eróticos seriam perdoáveis em cegas que avançam para o marido alheio? Se reclamasse, não iria parecer preconceito? Na dúvida, ela se conteve, bufando um pouco. Trocou olhares com as demais, que sorriam constrangidas, mas tranquilizadas. Os outros maridos eram muito feios e flácidos para que Laila se demorasse.

Quando o ritual das fisionomias acabou, Pierre ficou tentado a se justificar, dizer que Laila nunca havia feito aquilo — mais ou menos como se pedisse desculpa pelo comportamento do cão, que continuava salivando, desesperado com os cheiros de comida ao redor. Manteve o silêncio, porém: ressaltar o ineditismo da atitude só iria piorar a situação. Melhor se acreditassem que Laila era uma cega extravagante, uma daquelas figuras que chegam a ser verdadeiras excêntricas, com penduricalhos, voz escandalosa, gestos largos. Tinha graça pensar numa cega assim, que não fosse discreta, receosa dos inesperados — e sobretudo se Pierre lembrava o estado deprimido em que ela há pouco estava. Certamente agora fingia, como uma atriz intensa. Fingia uma cegueira diferente da que possuía, se era possível dizer isso. Sua conduta era um número de exagero, com tropeços e risinhos, tosse, boca escancarada. Estava com óculos escuros — e houve uma hora em que Pierre ouviu duas esposas cochicharem: "Mas ela é cega mesmo?". Podia-se pensar num teatro, uma brincadeira. Com os óculos, ninguém tinha certeza de nada; não se viam as órbitas encovadas, os olhos sugados pelo corpo, absorvidos como peças sem utilidade. Nenhuma nuvem sobre eles, nada nublado ou transparente, típico em certos tipos de cegueira.

Naquela noite, os convidados talvez tenham se sentido enganados numa situação sem precedentes. Pierre jamais fora um colega astuto, cheio de gracejos ou pronto para deboches. Pelo contrário, mal falava durante o expediente. Era provável que a ideia do jantar nem tivesse partido dele, e sim da namorada, amiga, ou quem quer que fosse aquela mulher estranha, interpretando a cega a esbarrar nos copos e segurar os talheres como pás que escavassem o prato. Durante todo o tempo, ela não parou de tagarelar, perguntando sobre a vida daqueles de quem tinha investigado a cara. Fazia entrevistas sobre família, profissão, preferências em política e esporte — automaticamente, como se trouxesse as perguntas engatilhadas, sem se importar com as respostas. Queria somente manter o ruído da conversa. Pierre tentava interferir, mas ela o ignorava. Quando ele insistiu e conseguiu dizer uma frase completa a respeito de como Laila era artista e gostava de pintar, ela gritou: "Quieto, Pierre!", e ficou com o garfo suspenso, cheio de arroz.

Os convidados se entreolharam, as pessoas das outras mesas também. Aturdido, o maître não sabia se devia agir ou se seria visto como um insensível para com os deficientes. Estava rondando a mesa desde que os pratos foram servidos; vigiava Laila, os óculos escuros que pareciam um disfarce. Ouviu perfeitamente quando ela gritou e não pôde evitar a reação, fixando-se em Pierre, encarando-o com severidade. Que homem era esse, que recebia ordens num restaurante? Hoje nem as crianças podem ser humilhadas em público, existem leis que impedem maus-tratos, constrangimento e por aí vai. O maître ficou duro de indignação; Pierre num relance percebeu a mensagem, mas continuou sem fazer nada. Teria durado um minuto ou dois aquele suspense, o fio esticado como um labirinto, uma teia aprisionando a respiração. Até que Laila quebrou o silêncio coletivo com uma risada: "Vocês pensavam o quê? Eu falei com o cachorro! Ele também se chama Pierre! Não é o máximo?".

Todos então lembraram que havia um bicho por perto. Ele se entretinha com um osso de frango que Laila deixara cair — mas, com o grito, alçou as orelhas, paralisado. Olhava agora ao redor, dissimuladamente, quase com a mesma expressão sofrida que se via no rosto do maître.

Flores de ferro

Enquanto eu escutava a história, experimentei um suco de laranja. Segurei o canudo com quatro dedos, o mindinho levantado como se tocasse uma flauta bem estreita. Sempre lembrava essa associação que alguém antes fizera, observando o meu gesto tão comum. Um ex-namorado inventara essa imagem — ele era músico e havia identificado a posição dos meus dedos como um sol. Era como se a bebida tocasse a nota passando pelo canudo: sol, sol, sol, um líquido luminoso a subir como um feixe até minha garganta. Fazia tempo que eu não recordava aquele homem, e nesse momento, olhando para Pierre, para suas grandes mãos desajeitadas, poderia dizer que existia uma semelhança entre os dois. O mesmo desconcerto diante dos fatos, o espernear confuso, projetos a esmo, frustrações. Não que eu fosse extremamente tranquila ou convicta do próprio destino (quem o é, afinal?), mas disfarço os espasmos de inquietação. Meu ex-namorado músico era incapaz disso. Vivia procurando confidentes para suas recaídas e, quando me traiu repetidas vezes, quis que o escutasse como uma amiga disposta a consolar.

Pierre cabia nesse modelo: olhava para mim, uma estranha que trabalhava numa loja de animais, e reconhecia uma ajuda instantânea, uma pessoa para lhe trazer conforto. Ou, pensando melhor, talvez não. Talvez não fosse o egocentrismo do artista que transforma um canudo em flauta a partir da sua visão de mundo. Pierre era apenas um carente, um solitário abandonado pela mulher cega. Terminei o suco com essa conclusão íntima, e foi por isso que continuei a escutá-lo. Se ele representasse mais uma versão de homem atormentado, eu o deixaria sozinho na lanchonete. Nosso assunto estaria encerrado com a devolução do labrador à clínica, e eu inclusive nem poderia prometer que o nome do bicho deixaria de ser Pierre. Cães se acostumam com palavras, não é algo que se possa tirar facilmente da cabeça deles, falei, e Pierre acrescentou que era igual com as pessoas: as palavras persistem, como as cenas, martelando com insistência.

A cena que então machucava — e precisava de muitas frases para ser diluída, dissolvida em novo formato — era a de Laila nos dias seguintes ao jantar. Ela voltou ao seu treino de liberdade; tornou a caminhar pelas ruas, levada pelo cão. Mas buscava o toque, grades de ferro, superfícies de muros crestados ou polidos. Pegava em tudo o que estivesse ao alcance, e chegou a pagar um menino para levá-la ao cemitério, onde perdeu uma tarde subindo em lápides para roçar os dedos pelas estátuas, conhecendo anjos de pedra, figuras melancólicas e contritas. Com elas, agia suavemente; não pretendia violar seus rostos como fez com as mulheres do restaurante. Tocava as estátuas de um jeito delicado, e nisso parecia sua mãe diante dos altares, a ponta do indicador e do médio pousando sobre a barra do vestido de Nossa Senhora — um vestido de gesso escurecido na base, de tantas e tantas mãos piedosas que ali deslizaram suas digitais.

Laila queria visitar Paris somente para conhecer escadarias em art nouveau, disse um dia a Pierre. Quando ele confessou que não tinha dinheiro para a viagem, ela falou que estava brincando. Imagine se compensava, levar uma cega para percorrer os arabescos de uma entrada de metrô ou tocar as barras frias da Torre Eiffel! Ainda havia, é claro, os rugosos castanheiros-da-índia nos Champs-Élysées; já o Louvre não lhe serviria para nada, nem os espelhos do palácio de Versalhes — mas poderia jogar uma pedrinha no Sena e ouvir a reverberação na água. E o vento de Paris seria diferente, estava convicta. Um vento que vinha com música e cheiro de café, e ruídos estrangeiros, boêmios. Pierre pensou no próprio nome afrancesado, mas Laila continuou enumerando coisas táteis, até que parou, concentrada como se lhe viesse uma reflexão insólita. Então ela disse que nunca quis ser íntima do mundo — mas foi obrigada. Perdera os cenários, os horizontes, os eixos e as ramificações das árvores: elas se transformaram em casca grossa, sensação de sombra, folhas crepitando sob os pés. Podia parecer interessante, mas não era o suficiente.

"E o que seria suficiente, ou pelo menos satisfatório?", perguntou Pierre. Laila queria o retorno à distância, à capacidade de se preservar do resto. Porque a visão é uma janela, uma caixa que mantém as coisas afastadas. O tato estabelece uma fusão inevitável entre ser e objeto; e assim acontece com o olfato e o paladar. O objeto penetra no sujeito, invade seu corpo, passa a fazer parte dele, como também na audição, de certa forma. São sentidos invasivos; embora momentâneos, não se pode evitar sua intrusão. É possível tapar ouvidos, nariz ou boca, mas um minuto antes o objeto estava ali, fundindo-se com o organismo, penetrando-o à força: o som, o gosto, o cheiro entrou na pessoa, fez parte dela por um instante. Com a visão, tudo fica do lado de fora. Ninguém se suja com os objetos, confunde-se com eles

— e isso dá uma sensação de identidade. Laila está condenada a esse estado de viver de modo promíscuo. E, principalmente, ela precisa buscar um novo meio de contemplar, para não enlouquecer.

"Os gestos se convertem em gesticulações; os pensamentos, em clichês" — lembrei na ocasião uma frase dos tempos de universidade. A paixão se converte em indiferença e insignificância. Pensei nisso enquanto adivinhava que Pierre me respondia: "Nada", reprisando a resposta de Laila. A satisfação não viria com nada, nem jamais seria possível.

O boneco

Os pés de pato representaram um atrativo momentâneo, como tantos no esforço de Pierre buscar sentidos provisórios para a vida de Laila. Enquanto ela não descartava a memória de um passeio ou novidade, havia a sensação de recompensa transformando-a na mulher ideal: sorridente, entusiasmada a ponto de resplandecer. Apenas nessas ocasiões Pierre a fotografava — por isso, todas as imagens de Laila, transbordando do envelope que ele abriu diante de mim, mostravam um rosto alegre. Pierre desfocava um pouco os traços (já que não podia clicar de perto, com o ruído denunciando a presença da câmera), mas era evidente a expressão de alguém feliz, em cada um dos retratos.

Ela se empolgou durante três semanas. A instrutora de natação tinha mencionado pés de pato para dar maior velocidade, mas deve ter se arrependido quando viu que Laila não conseguia calçá-los. Depois do episódio com Mauro e o pai dele, a moça nunca recuperou a simpatia por Laila, e era a contragosto que lhe dizia alguma coisa, corrigindo seus movimentos ou avisando quando a borda da piscina estava próxima. Por várias vezes quis distrair-se de propósito, para que a cega se machucasse ou pelo menos levasse um bom susto — um tipo de vingança contra o preconceito que o menino paralítico sofrera.

Agora a necessidade de tocar no corpo de Laila para firmar os acessórios nos seus pés era uma chateação extra para a professora, que tinha de parar por um momento os exercícios de Valdo — e invariavelmente o velho teimava em continuar sozinho, desgarrando-se até escorregar e perder o equilíbrio. Depois da submersão forçada, ele aparecia com os cabelos em tiras brancas sobre a testa, gritando: "Quase me afoguei!". A instrutora ouvia aquilo como se fosse uma queixa e, se algum superior passasse perto da piscina justamente na hora, ia pensar que ela não era capaz de coordenar nem dois alunos por sessão. Inútil pedir a Valdo para falar baixo ou dispensar a frase fatalista, ou — o que seria perfeito — aguardar para que ela o ajudasse com o exercício. A surdez e a demência o transformavam numa espécie de marionete, um bípede com as funções orgânicas de um homem, mas sem raciocínio permanente.

Também por medo de perder o emprego, a professora resistia à vingança contra Laila. Com os pés de pato, ela esqueceria a dimensão da piscina, com a qual se acostumara — e, numa velocidade muito grande, poderia se chocar contra uma das bordas. Mas, nesse caso, o acidente seria grave, com sangramento e talvez perda de sentidos. Nada melhor para que Laila fosse alçada à condição de vítima e todos do Centro de Terapias abolissem sua crueldade. Afinal, ela era deficiente e estava ali para receber cuidados. "Não para ter mais sofrimentos", dizia o diretor em reuniões mensais. E, se houvesse um imprevisto de tal natureza, a instrutora sabia que a demissão era certa.

No episódio com Mauro, uns colegas chegaram a comentar a sua responsabilidade; ela ouviu frases soltas atrás de uma parede, mas não conseguiu reconhecer as vozes no timbre sussurrado. Apenas estremeceu, quando escutou seu nome envolvido — e diziam que uma parcela de culpa existia, por ela ter aproximado os dois, a cega imprevisível e o menino paralítico. Ela devia ter percebido que tal amizade não seria recomendável, por mais que se falasse em integração pedagógica. Era um barril de pólvora relacionar deficientes, um melindre a cada instante, e uma professora tão jovem não dava conta.

Aquele discurso de exclusão — da *sua* exclusão do emprego — não era tão cruel quanto o de Laila, a respeito de uma criança inválida? E, no entanto, ninguém a veria como vítima: reunia todas as condições para ser uma vencedora, sem desculpas que legitimassem o fracasso. Um deslize, e estava condenada a não ter outras chances, ao passo que os deficientes ganhavam concessões e argumentos favoráveis. A instrutora silenciosamente se revoltava, enquanto ajustava os pés emborrachados de Laila. Teria de prestar bastante atenção, para a aluna não se machucar.

O invólucro

Na piscina, havia o momento em que Laila esquecia a textura da água, a película que a sustentava, dividindo um corpo em diferentes temperaturas: mais frio onde se expunha ao vento e morno nas áreas mergulhadas. Gostaria de enfiar tampões nos ouvidos, para não perceber Valdo chapinhando na margem. Pelas borbulhas, adivinhava quando ele vinha se aproximando, e então era a hora de escapar. Girava o corpo subitamente, aprofundando para tocar as ranhuras do azulejo no piso. Batia com os pés de pato e se sentia híbrida, desejando também acoplar guelras, escamas e barbatanas para ignorar advertências, fugir da instrutora que aparecia em seu caminho a segurar-lhe o braço. Laila emergia reclamando do susto e ouvia as habituais palavras sobre nadar muito depressa, um perigo para ela e os outros, blá-blá-blá. Se nadasse no mar, nenhum aborrecimento existiria, ela pensou — mas não se arriscaria jamais.

O seu direito de meditar acerca do suicídio, conforme a ideia que defendera junto a Pierre, não passava pelo afogamento. Havia diversas opções, exceto aquela. Talvez Laila se incomodasse com o ridículo das tentativas inúteis, o desespero do corpo que busca se salvar, embora a mente já tenha decidido. Existem náufragos conformados e tranquilos? Pouco provável. Todos se debatem como bichos perseguidos — e isso incomoda a quem assiste. Mesmo que não haja espectadores, uma plateia mórbida na beira da praia adivinhando os espasmos da cabecinha que surge e desaparece — mesmo que aconteça em mar aberto, sem horizontes de areia. Ainda assim é patético para a mente suicida observar a carne que não lhe obedece, não se rende pacificamente.

O principal motivo de Laila, no entanto, era uma espécie de respeito ao mundo aquático, um território onde os humanos não deviam penetrar. Essa camada marinha, misteriosa e fluida, tinha o seu próprio funcionamento, feito de correntezas de sal, de predadores agindo em silêncio. Provavelmente sua impressão resultava das pescarias traumáticas que fora forçada a acompanhar na infância. Elas aconteciam em lagos, mas para uma criança a extensão de água parece muito maior e profunda. Ali, no volume líquido, moravam seres mágicos de repente extraídos da vida. Um gancho os arrancava da matéria ondulante, estremeciam com pancadas de cauda a esmo — a ânsia inútil do afogado — até as membranas laterais da cabeça (os opérculos, como Laila aprendeu, em aulas de biologia) deixarem de se abrir. Ela acreditava ouvir um último suspiro, um gemido que escapava da fenda rosada e palpitante como um coração. Ao fim da tarde, a criatura não seria mais que um esqueleto, depois que alguém (uma das senhoras gordas, de traseiro imenso) lhe enfiasse os dedos pela barriga, arrastando as vísceras como tufos de cabelo que se puxa do ralo de uma pia.

O peixe seria cozido inteiro, mudando de cor nas escamas crestadas. Quando o servissem numa travessa bordada por folhas de alface, nenhum dos famintos perceberia que estava para comer um invólucro de criatura, assim feito comesse uma luva após cortar a mão fora. Em minutos, aquilo também não existiria, transformado em bolos de mastigação distribuídos por vários estômagos. Laila criança, àquela altura, teria levado umas palmadas, obrigada a engolir umas porções que o pai lhe empurrava. Entre lágrimas, vigiava as vértebras que surgiam como vestígios de um navio encalhado. Só restariam intactas a face (sem os olhos) e as nadadeiras.

Ela retirou os pés de pato e teve a impressão de possuir membros igualmente descarnados. As pernas se afinaram, estão como dois ossos lixados, ou gravetos. Terminam não em pés com dedos, mas em simples parafusos, duros e alheios ao resto do corpo. É como se a sua parte mais inferior tivesse sido mastigada e cuspida, num absurdo processo indolor. Ou como se ela nunca houvesse possuído aqueles membros e de repente precisasse manejar um esqueleto mecânico. A sensação lhe recordou Mauro. Ao pensar no menino, Laila perguntou por ele à instrutora, sem ideia da culpa que teve por seu desaparecimento.

As grandezas

É certo que, mesmo sem entrar no mar, Laila poderia divertir-se numa praia. As diferenças na temperatura, debaixo de um guarda-sol ou fora dele, criam uma espécie de jogo da pele (como antes ela havia criado o jogo das vozes). A textura do calor sobre o corpo não é igual, conforme se esteja numa cadeira de plástico ou sobre uma toalha grande. Pierre havia comprado uma daquelas, quase tão dura quanto um tapete, mas ainda assim, quando Laila deitou sobre a areia, reclamou das ondulações. Ele precisou gastar uns bons minutos alisando o nível do chão para que ela deitasse, esticada como num leito. De qualquer maneira, valia a pena. Os ruídos das pessoas se banhando, gritinhos de criança, barulhos do vento — tudo no ambiente trazia uma forte sensação.

Funcionou por duas vezes. Depois Laila recusou. A praia era uma alternativa econômica para Pierre, já que em vez de deslocar-se em viagens longas podiam aproveitar a própria cidade, ou visitar municípios vizinhos num passeio de carro. Se Laila se empolgasse, poderia entusiasmar-se com a ideia de adivinhar em que praia estariam. A orla cearense dava pistas de acordo com a inclinação do sol, o tipo de areia — encaroçada ou fina —, a presença ou não de palmeiras, a frequência com que passavam ambulantes oferecendo miçangas, tatuagens de hena ou camarões no palito. Eles poderiam se tornar cúmplices como na época em que ela brincou com a coleção de moedas, e a cada fim de semana Pierre, disposto à exploração-surpresa, carregaria uma Laila expectante (e às vezes com um biquíni posto pelo avesso) para a diversão no litoral.

Ela usou argumentos fúteis para negar. Disse que não poderiam levar o cachorro, e isso a desgostava; quando Pierre propôs embarcá-lo no carro, ela buscou outra desculpa, falou em queimaduras, manchas solares, desidratação. A cada proposta dele, sugerindo cremes, chapéus e sucos, Laila acrescentava uma queixa, até perceber como o vaivém era desnecessário. Bastava dizer que não, pronto! Estava farta de praia, sombras que douravam nos olhos, sem porém formar imagens. Sentia como se contemplasse um eclipse, mas condenada a ver apenas o anel de fogo em torno do círculo. Não ia além dessas bordas de cor, desses coágulos mais ou menos escuros. Iria brincar com isso — o caleidoscópio de sua doença? Preferia isolá-la de vez, esquecer que havia uma habilidade chamada visão.

Quando Laila ficou cega, perdeu a noção dos espaços de seu corpo, ou pelo menos passou a estranhá-los, cada membro independente como um ator que se destaca através de um gesto. Por não enxergar, colocou-se em fragmentos, afastada de sua aparência. Se voltasse a ver após vinte anos, não conseguiria reconhecer o próprio rosto no espelho, e achava brutal desligar-se da fisionomia, conformar-se em perdê-la — como se a identidade se soltasse do aspecto para significar algo abstrato e íntimo, que não sabia definir. As experiências na praia lembraram sua angústia de perda, quando ainda tinha imagens desorganizadas mas possíveis. Queria ajustar o foco, concentrar-se nas luzes que a claridade ativava em alguma célula. Quem sabe, se fizesse um esforço, arregalando as órbitas para esse vermelho, esse amarelo... Mas pouco depois eles viravam um tipo de ocre, um cinza sujo — até desligarem o estímulo profundo. Laila estava à mercê das grandezas, volátil como um espírito deve ficar, arremessado contra uma parede.

A visitante

"Tudo seria bem simples, se a vida rebobinasse como num rolo" — disse Pierre. Eu tive um muxoxo pelo lugar-comum, mas concordei; também havia pensado na possibilidade de retomar um período, embora sem máquinas do tempo ou recursos futuristas. Reconstruir destroços bastava. Como quando se faz uma faxina, batendo os tapetes pela janela. Eu nunca tive tapetes, mas gostava da imagem: a poeira evolando em espirais que ninguém imaginava estarem ali, contidas nas tramas, agarradas à pele do tecido. Entre duas pessoas, acontecia identicamente, os desgastes acumulavam nas réstias. Roedores invisíveis do afeto envelheciam a malha, tornavam as coisas pálidas. Por muitas vezes quis bater um relacionamento assim, vigorosamente espancá-lo até o acúmulo despencar. Mas então o tapete me fugia das mãos, ia cair na varanda do vizinho — expliquei. E, como Pierre me olhasse espantado, resumi que todos os meus namorados me deixaram. Por algum motivo eles sempre foram mais rápidos ao tomar a iniciativa da separação, e aqueles relacionamentos fugazes, de dois ou três meses, entravam num rodízio instantâneo de mentiras e sumiços.

"É difícil acreditar", Pierre falou, e senti uma fisgada. Mas não era patético? Um homem que segundos antes me tomava como ouvinte, a vendedora de um pet shop que vira confidente quando pergunta pelos motivos para receber de volta um cão-guia — esse indivíduo, pouco tempo atrás tão lamentoso, transformava-se à maneira de uma fera adivinhando a caça. Eu era a presa fácil, tão desamparada que um homem fracassado dava um lance? Engoli a vontade de soltar uns palavrões; afinal, eu mesma pedira por aquilo, esquecera o quanto as pessoas são previsíveis. Diga a um sujeito — qualquer um — que você foi abandonada por todos os companheiros. Diga isso num café, após terem conversado sobre a ex-mulher dele. A mensagem é clara, um convite que só seria mais explícito se eu escrevesse no guardanapo: "Transe comigo".

Mas isso estava longe, muito longe do que eu queria com Pierre. Ele era alguém que eu encontrara numa repartição pública e depois aparecera na loja onde eu trabalhava para adquirir um cachorro que ajudasse sua namorada cega — o tipo de gente que se podia ignorar com facilidade. E por que ele não escutaria um pouco das minhas confissões, num gesto recíproco ao que lhe fazia? Eu tinha interesse na história que ele me propôs contar: queria me distrair e, quem sabe, pegar ideias para um personagem. Mas ele não sabia disso e devia me enxergar como alguém delicado, que aceita o café-desabafo por mera cortesia. Então, partindo desse princípio, considerei que era a vez de ele me ouvir.

Afastei a raiva com uma respiração longa, semelhante à que eu dera quando ele me perguntou se podíamos conversar ao final do meu expediente. Eu então imaginara os piores momentos, com Pierre tentando se consolar através de ensaios sedutores. Achei que ele havia me escolhido para tal exercício — e, mesmo sem qualquer atração, aceitei o convite por curiosidade, ou talvez porque também precisasse me sentir alvo de certo fascínio. Sim, na hora avaliei que Pierre seria delirante se esperava algo de mim — mas tive um sorriso interno, nada parecido à fúria que agora precisava sufocar, quando o percebia iluminado à visão da minha fragilidade. Eu estava destroçada a ponto de considerar elogioso receber palavras de um homem carente. Ninguém se torna atrativo em pleno desespero, e essa era a minha condição, igual à de Pierre — embora ele não precisasse saber disso. Resolvi que não deixaria mais transparecer minha própria solidão. Falaria a respeito de meus abandonos como se fosse uma escritora resumindo um romance.

O afogamento

Pensei em quebrar os azulejos da cozinha com um martelo. Eu me vi abrindo o armário sob a pia, trêmula como se uma febre imediata me aniquilasse e fizesse buscar o chão. O telefone ainda estava comigo, pulsando a mensagem erótica que meu namorado havia recebido — e a mulher de nome sigiloso, tão desconhecida quanto o número de onde veio a ligação, materializava-se em palavras vulgares, prometendo um encontro para breve. O martelo estava coberto por pincéis velhos, fitas métricas e chaves de fenda. Quando o contrato do apartamento expirasse, seria preciso restaurar a cozinha — e essa era uma boa revanche contra quem não suportava reformas, pedreiros, gente estranha circulando pela casa. Além da questão financeira, claro. Quanto custava azulejar aquele espaço? E a imobiliária acrescentaria uma multa pela alteração do ambiente...

Entretanto, eu não conseguia erguer um parafuso. O fôlego me faltava, e só de pensar nas marteladas, no barulho e impacto dos estilhaços, sentia uma náusea que irradiava, repuxando até o pescoço. Fechei o armário com um pontapé e ouvi que meu namorado acordava, fazia ruído calçando os chinelos, em segundos estava diante de mim, usando apenas uma bermuda de algodão. O rosto, entre perplexo e sonolento, foi mudando à medida que eu gritava, mostrando o telefone: quem era aquela mulher? Por que lhe mandava mensagens? Ele repetia, imbecilizado: "Que mulher? Que mensagens?", enquanto avançava com a mão estendida para que lhe desse o celular. Mas me cruzava a ideia de investigar, e a urgência era tanta que eu parecia uma intoxicada implorando pelas doses de veneno — fazia a tentativa de ultrapassar a dor, com novas pauladas; quem sabe os meus nervos se embotassem, ou fossem destruídos, esmigalhados como os azulejos. Abri a porta que dava para o hall e corri, vestindo a camisola com que havia acordado. Fora isso, eu estava nua e descalça, e ele quis me alcançar, tomar à força o telefone. Ele tinha pavor de escândalo, então gritei quase a ponto de atrair a vizinhança. Eu levantava a camisola na altura do umbigo, ameaçando tirá-la completamente, um espetáculo para o prédio inteiro, se ele não ficasse distante.

Vi que recuava até a porta, balançando a cabeça como um desolado, enquanto eu vasculhava mensagens extras no telefone. Segurava o aparelho com uma das mãos, e com a outra continuava erguendo a camisola. A qualquer momento alguém poderia surgir no corredor para testemunhar aquela nudez agonizante. Eu lembrei os prisioneiros de Auschwitz, o sofrimento que afugenta o pudor. Num relâmpago, revi as fotografias de figuras expostas nos ossos, muito mais do que nos pelos e mucosas. Eu estava assim, descarnada como uma ferida abissal e trêmula. Meu sexo tinha desaparecido: eu o expunha em denúncia para um homem que perdera os desejos e começava a me abandonar. Achei a mensagem que ele enviara à desconhecida — no dia anterior — e dizia: "Mas quando senti a sua boca no meu pau...".

Não li o restante. Baixei a camisola, entrei no apartamento. Comecei a jogar minhas roupas num saco.

Ele gaguejava explicações, parado e com um meio sorriso: "O que você leu, eu copiei... desse livro que você deixou aqui" — e apontou para um volume da Anaïs Nin. Automaticamente, eu o coloquei também dentro da sacola. Pensei que mais tarde iria rasgá-lo, num tipo de expurgo. Mas ele ficou intacto, tanto quanto o celular, que devolvi sobre a mesa. Antes de sair do apartamento, olhei para a cozinha, para as suas paredes azulejadas como uma piscina. Não dava mais para pegar o martelo; se eu tivesse de agredir alguma coisa, agora não seria um objeto.

A sagração da dor

"Nós não somos violentos", comentou Pierre, e senti uma vontade me espinhando para contradizê-lo. Um absurdo usar "nós", fingir que se estabeleciam laços internos, proximidades. Embora alguém pudesse nos ver juntos à mesa e usar um pronome coletivo — "eles" (e talvez a própria garçonete pensasse: "*Eles* não vão embora nunca", por exemplo) —, isso não existia com "nós", que funcionava de dentro para fora, um conjunto abraçando eu e você, eu e tu, na mesma coleira informativa. Impossível me ver com Pierre sob qualquer hipótese, estive a ponto de falar, mas então ele tirou um envelope gigantesco da mochila e o sacudiu, para esvaziá-lo sobre a mesa. Afastou as inúmeras fotografias que jorraram, tentando desempilhar a maioria.

Eu havia recolhido os braços, assustada por encontrar a fisionomia de Laila tão repetida, em cores e ângulos diversos. Lembrei que Pierre contara dos registros feitos durante as viagens e em outras ocasiões, enquanto Laila dormia ou realizava pequenos atos cotidianos. Tudo dependia de um breve disfarce

sonoro, o disparo mergulhado em ruídos para que ela não percebesse — se é que não percebia desde o princípio e deixava Pierre
se iludir com a ideia de enganá-la. Pensei essas coisas sem dizer
nada, apenas comentei como achava estranho ver fotos impressas, e todas em papel fotográfico. Não era comum que as pessoas
hoje se dessem ao trabalho de tirar as imagens do computador
para materializá-las.

Pierre disse que sim, e era justamente o que dificultava o
seu desapego. Se os retratos estivessem em arquivos digitais, um
simples toque apagaria a coleção inteira. Mas ele jamais confiou
em máquinas, e além disso usava uma câmera analógica, a mesma da época de sua infância. Lembra que acompanhava os pais
até a loja para a revelação dos filmes após os aniversários ou férias. Esperava ansioso pelo envelope, e primeiro se distraía com
os negativos, esticando as tirinhas contra a luz para adivinhar as
cenas clicadas. Só depois olhava as fotos, que confirmavam ou
não suas hipóteses. Pierre continuava obcecado pelo ritual de
receber imagens e guardá-las. "Ainda tenho muitas, essas são as
melhores", ele completou, e peguei uma em que Laila aparecia
de pé, com o cão a seu lado, os dois amarelos pelo sol da tarde.

Rasgar os retratos seria um gesto demorado, tão diferente do
clique mágico a limpar a memória de um computador. "Se fosse
assim, eu conseguia. Mas rasgando, nunca pude. Nem quando
Laila me traiu", disse Pierre, buscando outras imagens na pilha,
trazendo umas para a frente e para perto, como se pusesse um
tarô. Tive ânsia por lhe falar que nem aquele informe — sobre
sua traição — vinha nos unir. Não éramos parceiros dividindo
experiências. Eu continuava isolada, e ele também — e, na verdade, eu era bastante violenta. Não agredia objetos nem pessoas,
mas pensava muitíssimo em desgraças. Remoía castigos contra
todos os que me magoavam; mentalmente, torturava cada um.
Podia vê-los amarrados, com uma mordaça e os olhos injetados

de pânico. Eu vinha com pinças, alicates, navalhas… "Um banho de sangue", garanti. E também voltava minha raiva contra anônimos, gente desagradável ou feia (e aqui olhei bem para ele) que cruzava meu caminho, crianças birrentas, velhos estúpidos, ninguém escapava do meu ódio íntimo. Os únicos que não mereciam esse sentimento eram os animais — acrescentei. Por isso eu trabalhava num pet shop, mas estava longe de ser maravilhoso. Os clientes exigiam mais atenção do que os bichos, e lá ficava eu, tendo de suportar dezenas de pessoas estereotipadas que, se explodissem, não fariam falta.

Pierre sorriu, sem parecer abalado com minha confissão. "Quem é violento não fica só pensando", afirmou, e respondi que também escrevia. Colocava em histórias aquelas cenas de carnificina — portanto, agia escrevendo. "Escrever é muito próximo do pensamento", ele insistiu, e comecei a achar que certo ranço de filosofia tornava Pierre bem humano. Voltei a observar as fotografias na minha frente.

Um anjo invariável

A separação havia acontecido poucas semanas antes. Era perceptível pelo tom pisado, um timbre humilhante que se nota quando a dor é recente. Depois de um tempo, a voz se recompõe ao falar do episódio; é possível até que ganhe um trejeito de descontração ou esquecimento. Eu imaginava Pierre dali a três meses, por exemplo, quando alguém o abordasse para indagar: "E tua namorada, como vai?". Ele reprimiria a pinçada interna, talvez nem a percebesse. Sem esforço, poderia dizer: "Ah, espero que ande bem, não estamos mais juntos". Mas por enquanto ele sofria, precisava mastigar os fatos e fazê-los desaparecer, numa massa gosmenta de memória. O seu tom se alterava, grave e pausado (Laila não o reconheceria), à medida que me contava tudo, mexendo nas fotos como se buscasse provas para o que ia dizendo.

Uma traição não é coisa que se bata do tapete; está mais para mancha indissolúvel. E no entanto ele estaria disposto a conviver com isso, ignorando o futuro até que a mancha se tornasse borrada ou menos nítida. Mas Laila recusou sua companhia e fugiu. Foi-se embora alegremente, sem remorso ou sensação de vexame, durante a exposição que Pierre havia organizado em Paracuru.

A ideia surgira com o pai de Laila, que em sua visita ao apartamento tinha encontrado as colagens acima da geladeira, dentro de um saco plástico. Ficavam ali, fora do alcance do cão e da própria Laila, que poderia rasgá-las por qualquer motivo. Desde que ela desistira do curso de artes visuais e passara a sufocar todo impulso criativo como uma "loucura ridícula", Pierre temia suas reações. Não sabia o que ela poderia fazer, além de ocupar seus dias com a natação e os passeios. Laila continuava detestando televisão, achava filmes cansativos e parecia à beira de uma crise. Atuava como uma pessoa superficial e controlada, mas podia soltar o pêndulo, quebrar a garrafa contra um casco de navio — e zarpar em seguida.

Quando o pai de Laila descobriu os quadros, pareceu importante dar um sentido a eles. Organizar a exposição ocuparia um tempo — sobretudo o tempo de Pierre, na prática o responsável por reservar espaços, pensar em telefonemas, convites. Paracuru foi a escolha óbvia, por ser a cidade onde ele conhecia muita gente e o público não seria um problema. Os pais dele ajudariam fazendo contatos, reservando a sala em que as obras seriam expostas e, talvez, postas à venda. Tudo dependia de Laila concordar — e, impressionantemente, ela vibrou. Entusiasmou-se com o projeto como se desde sempre o desejasse. É provável que apenas quisesse sair de Fortaleza por uns dias, quebrar a rotina e lembrar a experiência, um ano antes, de viajar pela primeira vez com Pierre. Mas, se fosse somente um projeto de turismo, as consequências não teriam sido aquelas.

Laila devia ter planejado o golpe com antecedência, como

quem calcula o momento de atacar logo após uma carícia. Ela precisava de um gesto despropositado, um ato desleal que a fizesse sentir-se viva.

TERCEIRA PARTE

Ela ainda estava ali, como uma bolha irisada que se mantém.

Marcel Proust

Não há inocentes

Devolver Pierre, o cão, agora seria complicado — pensei. Aluísio estaria pessoalmente disposto a criar empecilhos, depois do que acontecera entre nós. Mas é claro que eu não admitiria isso, sobretudo ao próprio Aluísio — de modo que assumi uma expressão neutra ao lhe informar sobre o caso. "Mas esse cachorro ficou quanto tempo com os donos, cinco meses? É demais; passou a fase de adaptação", ele disse, quase com as exatas palavras que eu havia previsto. Respondi o que também tinha antecipado para a ocasião: "Vou levar o problema à dona Silmara" — e frisei o termo *problema*, para que ele soubesse o quanto era grave perturbar a proprietária da clínica com questões que não conseguíamos resolver. Aluísio, no entanto, ficou sorrindo, de braços cruzados como se esperasse que naquele instante eu desse o telefonema de denúncia. Querendo tomar alguma atitude — e como não podia disfarçar de outra maneira a ociosidade, já que a loja estava sem clientes —, eu fiz exatamente aquilo.

Silmara atendeu na quinta chamada. Quando ouviu sobre

a decisão de Aluísio, não criticou nem comentou as consequências. Na verdade, ela parecia distante do assunto, como se nada lhe dissesse respeito. Eu pouco a via no estabelecimento; ela costumava aparecer às sextas-feiras para revisar o livro-caixa, e de vez em quando fazia uma "visita surpresa" para controle dos ritmos, conforme dizia. O principal inspecionado era o veterinário, que devia apresentar relatórios de consultas e cirurgias, com listas de materiais usados; em seguida, ela controlava despesa e assiduidade dos tosadores de cães e faxineiros. Por último é que fazia perguntas rápidas a mim e a Aluísio, que, quando não estava adestrando, ajudava com as vendas.

Eu o encarei, ao colocar o telefone de volta no gancho — e tive a certeza de que os dois eram amantes. Embora fosse difícil mentalizar a cena com uma gorda vestida em batas de cor cáqui, estava óbvio que Aluísio controlava a situação. Com Silmara, não devia ter sido muito diferente da investida que recebi: olhares prolongados, sorrisinho e — o mais importante — uma exibição estratégica de bíceps. Eu aceitara a sugestão de lhe abrir a porta após o expediente, porque estava cansada de relacionamentos sérios. Fazia um bom tempo desde a minha última separação, e eu me indagava por que não poderia ter uma noite com alguém, ainda que fosse com um adestrador de cachorros. Meia hora depois que fingi prolongar minha permanência no pet shop para fazer o resumo das vendas, ficou claro por que eu devia permanecer sozinha.

Aluísio tinha um modo peculiar de enrijecer o pescoço, com os músculos e tendões esticando-se como feixes. Tudo ficava estourando por baixo da camisa, e o topo do crânio, apontando para mim, indicava um princípio de calvície: fixei os olhos naquela região, enquanto ele fazia vinte flexões após o sexo. Disse que devia descarregar um pouco mais de energia — e ficou se exibindo, o dorso como uma tábua e os pés entrançados, os braços alavancando a parte superior do corpo. Ele contava as flexões em voz alta, mas não acompanhei sequer a metade. O cheiro de xampu canino começou a me enjoar; coloquei o vestido e voltei para a loja. Naquele instante vi Pierre passando, pelo lado de fora da janela. Ele não podia me enxergar, por causa da penumbra e do vidro fumê — então eu me aproximei para observá-lo.

Pressenti sua tristeza pelo jeito de andar. Ele ia a passo hesitante, no balanço irregular de uma pessoa culpada. Talvez fosse a magreza que o dispunha assim, oscilante como se ventos particulares o levassem — mas o fato é que eu costumava ver tanto ele quanto Laila passando pelo quarteirão, e não me cansava de espiá-los. Sabia que moravam perto; numa tarde vira os dois entrando juntos no prédio de pastilhas azuis, e isso aconteceu bem antes que soubesse seus nomes. Graças a essa vigilância, deduzi que um cão-guia seria perfeito para atraí-los à loja. Eu mesma preparei um panfleto no computador, inventando um serviço especializado. Imprimi a propaganda em cópia única, destinada somente aos dois, e a fechei dentro de um envelope como se fosse uma correspondência.

Aluísio deve ter ficado constrangido ao se levantar sem plateia, apoiando no tanque em que os cães são banhados e na prancha onde transamos por minutos. Não tinha sido nada espetacular, como ele prometera no sussurrante convite. Apesar de musculoso, ele era sexualmente banal — e ridículo pela ostentação de ginástica pós-coito. Já naquela hora, quando ele entrou na loja, ainda sem qualquer roupa, eu passei a ignorá-lo. Concentrava-me na silhueta de Pierre, que se afastava pelo fim da rua.

Agora, meses depois do nosso único episódio carnal, eu decididamente desprezava o abaixar de cabeça de Aluísio, com seu chumaço de pelos esparsos: ele era um touro fingindo marradas, sem nenhum fôlego de arena. Peguei de novo o telefone e, para afastar o timbre de dona Silmara, disquei o número de Pierre. Sem pensar, falei que estava tudo resolvido com a questão do cachorro.

A pureza

Quando Pierre apareceu, dias após o meu telefonema, tive certeza de que vinha tratar da devolução. Instintivamente, olhei para a sala em que Aluísio ficava. Ele não estava lá, mas era como se pudesse aparecer, como se de algum modo fosse me constranger. Ele nem me cumprimentava mais, e Silmara também surgiu lacônica na última sexta-feira. Achei que me encarava com estranheza, examinava o talão de recibos demoradamente. Por via das dúvidas, pensei em procurar outro emprego; a situação poderia se tornar complicada. Se Aluísio começasse a interferir na loja, eu não teria defesa — e enquanto Silmara examinava o livro-caixa imaginei se descobriria algo errado, um equívoco de números ou um possível furto. Ela saiu suspirando, como sempre fazia quando as coisas estavam em ordem. Observei aquele blusão largo e cheio de botões enfiar-se no automóvel estacionado na esquina e resolvi me demitir em sua próxima visita.

Pierre indagou se eu podia sair um minuto, mas eu estava sozinha no atendimento e não dava para fechar as portas. Ele encostou no balcão, como se procurasse a melhor maneira de falar o que queria, e esperei. Passou a brincar com uma esferográfica que ficava dentro de um copo, perguntou trivialidades sobre vendas e bichos. O telefone tocou e atendi, percebendo o seu olhar por cima de mim, como um facho. Quando desliguei, ouvi seu confuso comentário sobre o meu cabelo. Estava bem preto, sim, eu o havia pintado — mas não era só aquilo. Parecia uma oriental, ele disse, pelo jeito de amarrar. Eu puxei o lápis para desfazer o penteado, e Pierre quase gritou: "Deixe assim!". Suspendi o gesto a meio caminho, acho que arregalei os olhos, mas ele continuou falando sobre um emaranhado no feitio de vírgulas, curvas, um tipo de ideograma que se escondia à esquerda, desaparecendo por trás da orelha. Perguntei se ele sabia japonês, e ele ficou triste, abanando negativas. "Na verdade, tem a ver com Laila", disse, mas não entrou em detalhes. Tirou um lápis colorido do copo e ficou em silêncio, desenhando uma estranha forma pontuda, como uma estrela derramada. Finalmente olhou para mim e perguntou a que horas eu estava livre para ir até o seu apartamento.

A fratura

Eu tinha na época um pavor de retratos, chegava a gritar com a vigilância dos rostos antigos nas molduras em profusão pela sala — e, se não conseguia virá-los para a parede, o jeito era passar correndo pelo trecho em que se enfileiravam, acima do piano e na mesinha de centro. Os adultos tomavam o meu comportamento por brincadeira, mas na realidade a coisa ficava séria. As aparências me transtornavam, faziam com que eu caísse nas mais profundas reflexões, comparando fisionomias em revistas e jornais. Ali, os retratos não me assustavam, porque eu podia fechá-los entre as páginas. Então me demorava comparando feições, às vezes trocando narizes e bocas, recortados com uma tesoura. Criava os meus próprios frankensteins, buscando o que não funcionava num rosto, o que parecia estranho ou original.

Diante do espelho, também fazia experimentos. Cobria a cara com terra pastosa que tirava dos vasos de planta, no esforço de me ver negra como as meninas etíopes. Testava inúmeras possibilidades, cobria a cabeça com lenços, inventava maquiagens quando minha mãe saía. Desejei ter nascido chinesa, para usar lentes de contato azuis em olhos puxados: azuis ou verdes, quem sabe violetas. Frisaria os cabelos, faria cachos bem crespos para testar como ficava um rosto redondo com aquele penteado. E usaria roupas tropicais, saltos do tipo agulha. Seria uma oriental altíssima, extravagante com meu cabelo pipocado e olhos cor de cereja.

"Os olhos orientais como pétalas de flor-de-lis, ou pérolas do tamanho de uvas", divaguei, sem me importar que Pierre associasse a imagem com a cegueira de Laila. Queria lhe contar sobre mim, sobre as aparências que me atormentavam — mesmo que nada houvesse de especial na minha. Eu não era particularmente feia; ao contrário, todos os namorados que tive me elogiaram. Mas, tanto quanto na época de criança, eu continuava a sentir uma apreensão com o tema. Pierre atingiu isso, ao mencionar os ideogramas do meu cabelo num maço, feito um coque. E talvez desde a primeira vez em que o vi tenha acionado algum dispositivo interno — como explicar o interesse por sua figura esquisita, comprida e ossuda demais?

Laila também me intrigou: seu modo de abandonar o mundo, desprezando o visível (como fatalmente ocorria), indicava o contrário do meu ponto de localização. Estávamos em extremos, e cheguei a pensar que, apesar da doença, ela era muito mais livre. Tinha uma segurança no delírio, uma ânsia que jamais pratiquei — porque sempre fui barrada pela expressão dos outros, seus rostos e juízos. A rigor, eu podia considerar que esse problema me afetava inclusive em termos profissionais, pois eu trabalhava num pet shop e havia abandonado o curso de jornalismo no meio. Não suportava a imprensa, a venda exagerada de imagens — e somente entre bichos me sentia calma. Para manter a zona de silêncio, eu havia deixado a casa de meus pais e estava preferindo viver por conta própria, embora desastradamente.

"Não é fácil", disse Pierre. Ele me perturbava com sua atenção. Teria preferido que ficasse distraído na varanda, mas ele me fitava fixo, como se estivesse no cinema — e depois disse se sentir de um jeito igual; não à toa namorara uma cega. Fiquei pensando nas implicações daquilo, enquanto o via se levantar num pulo desengonçado para vasculhar o alto de uma estante cheia de livros, papéis e CDs. Ele voltou ao sofá segurando um objeto estranho, um bloco bizarro, feito de madeira. "O meu avô dizia que toda alma tem um modelo", ele sorriu e começou a discursar.

O nado

A alma de Laila, àquela altura, teria um desenho bem rico. Trajetórias por Minas e Bahia riscaram um gancho imaginário, com uma curta espora — e agora o esboço se alargava em meia-lua. Pierre por acaso encontrou a mãe dela no supermercado e ouviu sobre Buenos Aires, o que significava uma Laila arredondando o traço, num percurso para baixo e para a esquerda. "O que ela está fazendo lá, meu Deus?", Pierre indagou, mas suprimindo as duas últimas palavras, para engolir o desespero. A mulherzinha fitou com tristeza os legumes que punha num saco: batatas, cenouras, beterrabas, uma sopa em potencial que levava para casa. Pierre pensou no pai de Laila jantando, molhando o bigode enquanto sua filha dançava butô na Argentina. "Dizem que o custo de vida é mais barato", Pierre escutou — e enraiveceu-se. Pois o outro economizava às custas de uma cega, que ainda explorava em performances grotescas? Novamente engoliu o protesto, até porque de nada serviria dizer aquelas coisas em frente à bancada de hortaliças. A mãe de Laila parecia falar mais alto, esforçando-se por imprimir um tom enérgico: "Ela diz que gosta do que faz, com os movimentos do... como se chama? Buquê?", tentou, aproximando-se das flores que estavam à venda, espetadas em cones no formato de casquinhas de sorvete.

"Butô", Pierre disse, e lembrou-se do vídeo que viu na época da escola. Impressionou-se com a lentidão dos gestos, às vezes poéticos como se o corpo ganhasse a forma de um pássaro corcunda, um pombo com um pé levantado — e logo na sequência o braço esticado para trás simulava uma asa. Mas havia momentos que ele achava feios, contorções brutais e imprevisíveis, e foram justamente esses a impactá-lo. Depois que Laila o abandonou, Pierre buscou novos registros. Perdeu horas vendo na internet grupos de dança oriental, figuras calvas e pintadas de branco, parecendo manequins. Olhos e lábios se contornavam por tinta vermelha para dar às fendas um rasgo trágico — principalmente a boca aberta em esgares de criança ou demônio, num riso horrendo que era também ritual, dedos em mantra. Ele se assustava com os rostos alienígenas. Ao mesmo tempo, compreendia por que Laila havia escolhido aquilo: "Ela tem olhos de cadáver, mas está pronta para agir", dizia sua mensagem de despedida.

O intervalo

Pierre agora não pode contemplar uma praia sem que se lembre da dança. Parece que a todo instante verá, contra as leves ondulações azuis, uma silhueta esvoaçante e contorcida. Laila se transformava em monstro pálido, embora não cobrisse o rosto de branco: era apenas sua cor natural contra a areia incandescente. Latejava, quebradiça e lentamente selvagem, experimentando desarticulações, como um fantoche se equilibrando na pista de uma caixinha de música.

Ele evitava ficar perto. Dava-lhe um receio de deformidades, uma angústia por ver Laila na cena que simulava tanto sofrimento. Foi o que disse para Bent, quando ele começou a demonstrar o butô, movimentando-se em espasmos, pedindo para que Laila o tocasse, a fim de sentir seus gestos. "Essa é uma dança de loucos", Pierre falou, incomodado com a recordação dos vídeos de adolescência — e mais perturbado por ver a namorada segurando a cintura e os quadris de um antigo rival em artes, um sujeito que ela tanto desprezou e de repente admirava.

Para Pierre, o fato de Bent se atrair pelo butô era outro sintoma de sua adesão a modas, um esforço superficial para encontrar o próprio estilo ou aderir a correntezas já existentes. Ele quis desesperadamente que Laila concordasse com isso, quando puderam conversar a sós. Lembrou-lhe a repugnância que um ano atrás ela exprimia, ao falar do esnobe colega — mas Laila não pensava mais assim. Identificava-se com os movimentos ritualísticos, a exaustão japonesa.

Naquela mesma tarde, um dia após a abertura da exposição em Paracuru, Bent lhe ensinou as posturas de solo, dobrando seus joelhos, os braços, e aos poucos Laila improvisava ritmos, torcendo-se como se estivesse ensanguentada. Bent lhe falava para "libertar as formas do corpo e do pensamento", e Pierre sentia o estômago revirar. "Eu caí dentro do mundo!", gritava Laila. E Bent, ainda mais alto, respondia: "Você *também é* o mundo!". Pierre se afastou quando as pessoas começaram a se juntar na praia. Não viu a hora em que Laila voltou para casa — e na manhã seguinte, ela continuava ensaiando contorções, de pé na areia. Uma figurinha monstruosa e calma.

O jogo das vozes

Pierre ficou sentado na barraca do francês, na postura que os homens podem assumir sem levantar suspeita: diante de uma cerveja horas a fio. Com expressão preocupada, de vez em quando dava um gole, para ao final de um tempo levantar o indicador em direção ao garçom e começar outra garrafa. Não costumava beber, mas o momento era excepcional. Depois de observar a dança epilética da namorada, metros e metros adiante, percebeu o outro se aproximar dela. Bent, cabeludo como os artistas costumam ser, ali a distância, compunha com Laila um par de sexo indefinido. Meras criaturas de calça de algodão cru, blusa fria, cabelo se transformando em ninho pelo vento.

Os dois se acomodaram na areia escaldante e pareceram contemplar o oceano, com o aspecto tão trivial de sentar apoiando os braços nos joelhos, triângulos formados pelas pernas. Mas Pierre nota que alternadamente um abre a boca, diz algo, só uma palavra, e então se cala para no instante seguinte o outro repetir o gesto, o bulício de lábios. É como se pronunciassem termos estrangeiros, aprendessem um novo idioma — e Pierre se esforça, mas não compreende por que às vezes Bent parece articular duas sílabas e Laila responde com três, ou apenas uma. As palavras não são as mesmas, portanto; não são repetições, mas diálogos — e, caso Pierre pudesse ouvi-las, entenderia ainda menos, porque a seleção não dependia de contexto ou semântica: eram palavras vivas pela sonoridade. Bent havia começado o jogo como uma distração. "Vou te dar uma palavra: lufada", disse, e Laila sentiu o ardor do sopro. "Lufada", saboreou internamente — e depois devolveu: "Labirinto". Bent disse: "Quimera", e ela respondeu com "Absinto".

Laila divertia-se, na teia da linguagem. Era mesmo um presente, cada vocábulo: algo que se resgata, que se rompe de um terreno incógnito, cheio de possibilidades. Como quando escavava o chão úmido de praias da infância, pouco interessada em erguer castelos — queria furar túneis, abrir esconderijos. Ela se lembra das dunas que conheceu em Fortaleza, numa época em que vários casarões ou prédios não estavam lá. Os morros albinos criavam uma paisagem de neve em pleno calor. Laila escorregava em seus declives, colhia porções quentes de areia como se fossem quitutes saídos do forno. As dunas eram vivas, móveis e, justamente por isso, únicas. Da próxima vez que as encontrasse, não seriam iguais, com aquela combinação de grãos: vistos de perto, pareciam cristais brancos ou dourados, joias mínimas para quem quisesse fabular riqueza. Laila, menina, deitava em fortunas imaginárias; pegava um punhado, deixava-o escorrer entre os dedos e dizia: "É ouro em pó, estou na caverna de Ali Babá!".

Agora, na cegueira fulgente sob o sol, ela também se sentia trancada com um tesouro. E podia cavar como antigamente, sopesar o dote — mas, em vez de grãos de areia, eram palavras que Bent lhe trazia e ela, de seu lado, descobria outras e lhe entregava. "Insípido", por exemplo. Não importava o significado, mas o timbre, o roçar da língua, o gesto dos lábios. Após um silêncio, Laila devolvia: "Marítimo". Quem os visse, pensaria numa sessão de análise com associações livres — mas a verdade é que não eram *tão* livres assim. Laila sentava-se em lótus como se meditasse ao lado de seu guru, que dizia: "Telúrico", demorando no acento como se arremessasse um dardo. Ela o pegava no fôlego: "Súbito". E ele: "Diáfano". "Artifício." "Chuvisco." "Floração." "Feitiço." "Abismo." "Sossego." "Medo." "Início."

Seguiriam enquanto houvesse vocabulário. Mas as palavras, se manejadas com persistência, descolam-se do uso e viram mito. "Glória", ela disse, e "Afinco" foi a resposta. "Libélula", "Sonífero", "Soluço", "Gaivota" — eles se tornavam apressados, entorpecidos pelo som, num tipo de mola musical.

O prazer vinha com a língua tocando os dentes ou o palato, os dentes freando sobre os lábios, o cicio, o cochicho confundido com a brisa salgada. Mas então as palavras recuperavam significado, aos poucos já não eram melodia somente. "Carne", disse Bent, e Laila pensou um segundo antes de responder: "Lençol". No momento, se um observador próximo tivesse feito um registro, o sorriso de Bent seria catalogado. Um simples esboço, uma curva se insinuando para o alto, mais acentuada à direita, uma covinha na bochecha: o sinal da vitória. "Êxtase" — ele pronunciou, bem lento. E continuaram.

A ressaca

Estava cada vez mais evidente que Laila premeditara tudo, embora Pierre não pudesse dizer a partir de quando. Talvez viesse preparando a fuga bem antes da ideia da exposição em Paracuru, e as coisas teriam acontecido de maneira semelhante — ainda que longe do cenário de férias numa praia.

Ela não dava apreço aos seus quadros de colagens, nem estava interessada em retornar às artes visuais. "Se tivesse de pintar", ela falou uma vez, "seriam telas pretas, misturando as cores básicas. Aqui e ali deixaria um traço de azul, vermelho ou amarelo — mas no centro concentraria os tons juntos, para criar o preto. Seriam telas desagradáveis, gosmas de tinta acumulada, numa escuridão igual à minha. Se é que o preto nos meus olhos conserva alguma cor, algo primário que resistiu a esse buraco para onde foi o mundo inteiro. Estou como alguém trancado em paredes de ar, ou dentro de um círculo de giz. Parece tão fácil sair, e no entanto é impossível" — ela dizia isso, e Pierre não compreendia nada além do sofrimento. Estava impotente para aplacá-lo, por isso receou que Laila gritasse ou, pelo contrário, caísse em sua mudez de solidão, quando ele falasse sobre as colagens. Mas então veio a impressionante alegria — quase como se Pierre tivesse lhe adivinhado um desejo, ela finalmente prestes a realizar o que tanto quis.

Expor em Paracuru: doze quadros que a própria autora nunca vira, pendurados na antessala de uma agência dos correios. O pai de Pierre tinha conseguido o espaço, contatando amigos e conhecidos. Fazia aquilo com prazer, e em telefonemas prévios informou o filho sobre convites, cartazes que ele mesmo mandara à gráfica e começava a espalhar. Quando o casal chegou, na véspera da data marcada, ele estava efusivo, cheio de abraços. A mãe de Pierre, no outro extremo, fechou a cara para Laila, que esbarrava nos móveis e pisou no rabo do poodle. Na tentativa de apaziguar os ânimos, Pierre comentou sobre o cachorro que tinham, e ainda bem que o deixaram com um vizinho do prédio, pois um labrador e um poodle dificilmente seriam amigos. Disse aquilo e sentiu uma fisgada de medo: se Laila mencionasse o nome do animal, a situação ficaria pior — mas naquele momento ninguém estava interessado em bichos, e o assunto morreu.

Mesmo após um ano morando juntos, eles ficariam em quartos separados, como na primeira visita à casa dos pais. "Pelo menos mantenha as aparências!", disse sua mãe entre dentes, embora Pierre não tivesse feito nenhum comentário. Mas talvez ela não estivesse se referindo aos quartos — ele pensava agora, depois do desaparecimento de Laila na segunda noite.

Ele não pudera controlar nada: não pudera evitar a *vergonha*, palavra que ouviu repetida no sussurro das vizinhas. Estava fora de seu alcance qualquer pedido ou ordem para manter Laila nos padrões. Se pudesse, teria instalado comandos em sua mente, para que ela jamais atraísse multidões a vê-la em sua dança grotesca — ou até uma coisa mais simples: a inibição de sua gargalhada louca, enquanto o chefe da agência dos correios discursava, na abertura da exposição. E que ela não tivesse, em seguida, saído aos trambolhões, de braço dado com Bent, para serem vistos com garrafas de vinho na praia. Que não tivesse desaparecido com ele, nem deixado um bilhete — que obviamente Bent escreveu — em cima da cama, no curto instante em que entrou na casa para pegar sua mochila, antes de fugir.

O constrangimento

Bent chegou como alguém de passagem — pelo menos, foi o que disse: andava por acaso na cidade, topou com um cartaz sobre a exposição da antiga colega e resolveu conferir. Mas era muito estranho que estivesse na calçada, esperando meia hora antes da abertura da mostra. Parecia ansioso, e Laila também — se Pierre analisasse em retrospectiva — esteve inquieta durante a viagem. O que ele atribuiu à ansiedade pela estreia, ou expectativa em relação ao público, provavelmente era preocupação com uma única pessoa. Bent iria aparecer, conforme o combinado? Sim, Laila teria dado um jeito de se comunicar com ele, de convidá-lo. Um reencontro enquanto passeava com o cão, nas semanas anteriores? Talvez. Uma conversa a princípio descompromissada, e de repente algo no tom de voz ou no cheiro de Bent a fazê-la despertar, mudar de ideia em relação a ele, esquecendo os juízos negativos que lhe dedicara.

Ele então surgiu em Paracuru, cumprimentando-os como se fosse uma surpresa — mas Laila não soube disfarçar, ou não quis, e sorriu satisfeita ao percebê-lo. Em pouco tempo Bent se impôs; entrou e começou a ver os quadros, com ar de especialista na área. Não dizia nada em frente às colagens de flores, as deformidades de Van Gogh ou Cézanne, os espasmos do que um dia foram pétalas em reproduções de Di Cavalcanti, Chagall. Deu uma volta rápida, rastreando as imagens como se atravessasse um cenário opaco. Pierre, apenas para quebrar o silêncio, comentou sobre o projeto de Laila com os quadros negros — e fez aquilo com um trejeito irônico, como quem sugere que o realizado era melhor. Bent, porém, cortou sua palavra: "Em valor monocromático, o branco é mais forte!", afirmou, passando a explicar a simbologia da morte para os orientais — assim como se Laila estivesse enlutada por uma parte de seu corpo. Daí para o butô, seria um breve salto.

Pierre se distanciou para receber os convidados. Sentia-se nauseado com a incapacidade de argumentar contra aquelas filosofices. Durante todo o evento, Laila não saiu de perto do colega, e houve um instante em que Pierre se aproximou e o ouviu dizer: "Alguém sempre está preso em sua própria pele". Era o tipo de conversa que impressiona os vulneráveis. Basta que se aponte uma libertação para medo ou culpa (os dois pilares trágicos) e haverá milhares de seguidores. Faziam-se fortunas em cima disso, sem importar que a lábia viesse de religiosos, médicos, políticos ou, agora, ditos artistas — pensava Pierre, desgostoso por esperar de Laila um discernimento que ela já não parecia ter. Ela escutava Bent com balanços de cabeça, numa concordância ingênua. Ou estava no limite da fragilidade, agarrando-se faminta a qualquer sugestão salvadora, ou de fato concordava, encontrara uma ressonância perfeita em alguém. Pierre apostava na primeira opção, para perdoá-la — mas quando, minutos depois, o chefe da agência de correios começou a discursar sobre o estilo floral dos quadros, Bent cochichou algo que fez Laila explodir numa risada. Ela então pareceu uma mulher dona de si. Fora de contexto e extravagante, porém consciente do que fazia, e disposta a escândalos.

A membrana

Laila não voltou a Fortaleza — pelo menos, não na companhia de Pierre. Ele se viu na obrigação de telefonar aos pais dela para informar o sumiço, mas a mãe de Laila pareceu despreocupada. "Ela já deu notícia", foi o que disse com uma voz tênue. Pierre desligou, humilhado o bastante para se esquecer de falar sobre as roupas, os vestidos e sandálias que Laila deixara em seu apartamento. Embalou tudo em sacos plásticos e enfiou os pacotes no fundo de um armário. Esperaria algumas semanas antes de doá-los para a caridade. E, por via das dúvidas, mudaria a fechadura. Não confiava no que Bent seria capaz de fazer.

Pierre espetou uma chave sob a unha do indicador, machucando-se enquanto aguardava diante da porta do vizinho. Quando ele abriu, pôde notar a expressão de alívio em seu rosto. "Ah, que bom que voltou! Cachorro dá trabalho", o homem disse, alargando depois uma pausa, à espera de recompensas. Pierre buscou no bolso uma cédula e lhe entregou. O homem sorriu e voltou para dentro do apartamento, retornando com o labrador na coleira. O cão abriu a boca num sorriso sedento, agitando o rabo. "Até que enfim alguém sem interesses", Pierre pensou.

Mas ao entrar em casa o bicho se deprimiu. Após farejar por inúmeras direções, constatou a ausência de Laila e desabou na sala, com um suspiro. Pierre não estava perto para observar: no quarto, ele tomava dois soníferos e puxava as cortinas o máximo possível. No dia seguinte, o despertador mal conseguiria romper aquelas camadas, resgatando-o do fosso em que havia mergulhado. Era segunda-feira, e parecia inverossímil que desde sexta a sua vida tivesse sofrido uma mudança tão brusca. A viagem com a namorada, para presenteá-la com a exposição, transformara-se em vergonha pública. A sorte, ele pensava, é que o episódio não demoraria a ser esquecido. Persistiria como um tema cruel em sua família, mas para o resto da cidade — mesmo com o teor de fofoca provinciana — Pierre era de uma insignificância que não valia grandes comentários.

No local de trabalho, o julgamento parecia idêntico. Ninguém lhe perguntou como tinha sido o evento em Paracuru, nem sequer o chefe, a quem ele pedira uma dispensa. Pierre se sentia um autômato, cumprindo funções que de resto não exigiam raciocínio: carimbava papéis, organizava arquivos, atendia a telefonemas e dava respostas decoradas. Tudo era igualmente nulo para ele — porém, na fragilidade em que se via, o desprezo dos colegas foi quase insuportável. Saiu do expediente em farrapos emocionais, disposto a beber o quanto aguentasse.

Durou uma semana aquela rotina de olheiras cada vez mais sombreadas, num rosto encaveirado de sofrimento. Pierre, o cão, simulava ter esquecido a antiga dona; recuperara o apetite e o ânimo. Foi o seu exemplo, de certo modo, que salvou a situação. Na tarde em que recebeu de volta os pacotes com os quadros de Laila embalados, Pierre demorou um minuto estático, segurando a caneta que o carteiro lhe estendia. O cachorro aguardava na sala, sem estranhar o intruso: apenas levantava as orelhas para a encomenda — e, tão logo a porta se fechou, fez o gesto de erguer a perna sobre um dos volumes em papel-bolha. Pierre entrou em alerta imediato: "Não suje isso!".

Com o grito, o cachorro se afastou, contendo a vontade de urinar. Mas no segundo seguinte Pierre teve o esclarecimento que buscava. "Quer saber? Vamos descer e fazer alguma coisa", disse ao cachorro, pondo-lhe a coleira. Por enquanto, queria somente dar uma volta no quarteirão, buscar um poste e respirar fundo. Suas pretensões mudaram quando passou diante do pet shop onde, meses antes, estivera com Laila.

O estilhaço

Encontrei os quadros ainda embalados, encostados numa parede, quando fui ao apartamento de Pierre. Pareciam frankensteins do passado, e não só pela presença dos recortes, da colagem. As telas eram monstruosas como símbolos. Poderiam ser belas para quem as visse a distância, mas ali, dentro daquela casa, tornavam-se terríveis. "Você está exagerando", ele disse, mas percebi que virava o rosto enquanto eu desembrulhava um dos quadros, segurando-o com os braços para o alto como se levantasse um bebê. "Você precisa se livrar disso", continuei, citando a história do violão que eu tinha levado feito um defunto no porta-malas do carro. Eu tentava ignorá-lo, colocava as compras no banco do carona, no banco traseiro — mas ouvia as sacudidas lá atrás, sabia que ele estava desafinando, deformando com o calor. Finalmente, dirigi até a casa do meu ex-namorado e larguei o violão na calçada.

"Sim, mas o que você sugere?" — perguntou Pierre. — "Não vou levar os quadros à casa dos pais de Laila. Agora ela está na Argentina, com o Bent." "Claro, deixar na casa dos pais é infantil" — concordei. — "Jogue tudo no lixo." "O quê?", Pierre quase berrou. Considerava um pecado jogar fora arte. Pode ser, eu disse, conciliadora, mas é uma transgressão necessária, nesse caso. Buscar outro destino, doações, seria complicar o processo. Jogar no lixo virava um ritual, desprendimento absoluto. Destruição. Quando eu devolvi o violão, não esperei para ver se ele desaparecia, roubado pelo primeiro vagabundo que passava; nem toquei a campainha para chamar o porteiro, que poderia reconhecer o instrumento, supor qual era o destinatário. Só deixei o violão na calçada, como as pessoas deixam sofás furados, cadeiras sem espaldar, berços puídos, para serem levados.

Coitado de Pierre, acho que não estava pronto. Mas prossegui falando sobre o prazer de abandonar os objetos e, por extensão, os indivíduos. Há algo que se confirma nas despedidas, um desejo de encerramentos. As pessoas são mais atraídas pelos inícios e finais do que pelas permanências. "Além disso, se você não terminar uma coisa, não começa outra", acrescentei, quase me arrependendo. Eram palavras banais, mas Pierre despertou com elas. Apontou os quadros: "É uma despedida, então", falou, como se indagasse, e confirmei em silêncio. Ele pegou metade das pinturas e saiu do apartamento. Na extremidade do corredor, teve de apoiá-las contra a parede para abrir a porta da escadaria de emergência, onde também ficava a lixeira. Depois voltou e pegou o resto, refez o percurso. Eu pensava nas fotografias de Laila dentro do envelope que Pierre me exibira semanas antes, mas decidi que por enquanto estava bom. Era o suficiente ter largado doze telas nos degraus de uma saída de emergência.

Laila

Àquela altura, eu estava obcecada pela vida dos dois. O que iniciou como uma espionagem ociosa, feita pela janela do pet shop, dominou meu pensamento — sobretudo em torno de Laila, sua figura incompreensível e poderosa. Parte de suas atitudes seria explicada pela doença, o transtorno de cair num mundo escuro. Mas parte também seria caráter. Laila tinha uma tendência dominante, daquelas que se vê nos animais do tipo alfa, conforme repetia Aluísio durante os treinamentos. O território era sempre seu, mesmo que não o enxergasse. Ela fez o namorado gastar com viagens, desfazendo-se de uma coleção de moedas raras; fez um amigo de infância odiá-la, criou impacto em desconhecidos, gritou paralisada na chuva — e, por fim, fugiu na companhia de um pretenso artista que costumava repudiar. Era contraditória e intensa, exatamente como um dia eu quis ser.

Sem dúvida, comecei a imitar suas sensações no dia em que decidi tingir o cabelo. A funcionária do salão resolveu que minha cabeça estava suja e a tinta não iria fixar. "Já para o lavatório!", comandou, como se tangesse uma criança que houvesse brincado na lama. Não reclamei; aquele era um salão que eu gostava de frequentar, quando tinha dinheiro. O ar-condicionado ficava regulado na temperatura ideal, e às vezes passava um copeiro usando farda, equilibrando uma bandeja sob a mão aberta em leque. Ele me servia água como se eu fosse uma princesa.

Mas no lavatório não imaginei castelos ou bailes aristocráticos, como geralmente fazia num ambiente confortável. Fechei os olhos para sentir uns dedos pontudos me espalharem xampu — e então, num relance, acreditei que me tornava Laila. Estava escuro o suficiente para fingir que ficara cega, e assim me apliquei num exercício que alcançaria proporções bem maiores. Primeiro, excluí o rosto da cabeleireira. Uma desconhecida (mulher, pelas unhas compridas) me coçava o couro cabeludo. Em seguida, perdi a imagem de seus dedos sobre minha cabeça: poderiam ser pinças ou agulhas num bordado frenético. Eu procurava adivinhar que espécie de desenho sairia daqueles movimentos — mas eles pararam, substituídos pela ducha fria, que, aliás, não parecia jorrar. Era como se me encostassem uma pedra de gelo numa região do crânio e, em seguida, em outra.

Quando os dedos voltaram, eu tinha me transformado numa árvore disputada por bichos. Garras de pássaro se enfiavam em mim, mechas moles como cipós. Com o pente escorregando nas trilhas, imaginei a sensação de ser uma terra arada: um ancinho me abria com suavidade. Era provavelmente a mesma sensação do mar, quando um barco lhe põe um rasgo.

A cabeleireira enrolou uma toalha em minha cabeça, deu volteios e criou um turbante, tão imóvel que parecia mágico. Caminhei até a cadeira onde me seria aplicada a tinta — ainda cega, parecendo carregar uma concha pesada no alto do corpo. Abri os olhos por uma réstia, o necessário para me localizar e não bater contra os móveis ou os espelhos. Porém aquele mínimo de visão quebrou o jogo; logo não estava escuro como antes. Sob as pálpebras, eu percebia cores: uma tarja dourada, outra linha num tipo de ferrugem, um pontinho verde no centro, lá no fundo. A cabeleireira enfiou duas revistas entre minhas mãos, e definitivamente despertei da experiência. Mas voltaria a ela muitas vezes depois.

O inventário

Ficar cega é entrar numa outra consciência. A análise do real passa por vias diferentes: compara-se de uma nova maneira, para entender as coisas. Já nos primeiros exercícios, perdi os exteriores — mas em compensação ganhei as vertigens. Bem compreensível que eu quisesse rodar, rodar, os braços abertos como um dervixe, um lenço preto sobre o rosto — virei a deusa da Justiça, mas me faltavam a espada e a balança. Na minúscula sala do meu apartamento, eu mentalizava num ponto e girava, tomando cuidado para não bater nas paredes. E fechava os olhos em vários ambientes fora de casa, fazia descobertas.

A grama alta é como um tapete de retalhos.

Minhas extremidades — unhas, dedos, nariz, queixo — são extensões longínquas e inalcançáveis.

Há uma película grudenta em toda superfície metálica.

O silêncio não existe. Os sons vibram nas células, se eu deixar.

Um ventilador velho crepita igual a castanholas. O vento se transforma em moinho.

Ganhei a pedra, o vidro, a casca — suas texturas únicas, inaugurais.

Descobri uma resistência no ar, uma densidade sutilíssima. É como se tudo vivesse sempre coberto. Mesmo nua, o ar me reveste numa segunda pele.

Conheci os objetos indeterminados, que para os cegos permanecem um mistério habitual.

Capturei a ideia do viscoso; não há diferença entre orvalho e suor.

Cheiros dominam as paredes. Café, um odor oxidado que lembra sangue, aroma de detergente, um fio de gás ácido — estou num refeitório.

Minha roupa é mistura de sabão e malha.

Os contornos se desprendem no instante em que os domino.

Consigo conduzir os delírios assim: rodar, rodar.

A experiência é a única medida. O horizonte desmorona, quando não estou lá para contemplá-lo.

Como nascem as cachoeiras

Pierre parecia todo feito de cotovelos, de tão magro: espetava em múltiplas direções. Eu lhe disse aquilo, rindo, e ele concordou — sentia-se um jogo de pega-varetas, um emaranhado de ossos. "Um trapézio", eu falei. "Sim", e ele me beijou. Machucou-me um pouco com a grade das costelas, ao pressionar o tórax sobre mim. Apesar disso, não foi mau, pensei. Apenas algo a se acostumar — e Pierre, o cão, tinha ficado tão sossegado ao pé da cama, que parecíamos uma família, um quadro de preguiça sob as cobertas. Uma dupla instalada no mormaço da tarde, com luz sobre os pelos do corpo, e o mesmo facho vindo da janela agora caía sobre o cachorro. Sem ambiguidades, éramos bichos. E eu podia usar o pronome "nós"; pertencia a um círculo.

"Você sabe, cegos de nascença não sentem revolta" — eu disse. — "Mas o mundo dos videntes deve ser para eles impossível de entender. Como se pedissem a alguém para se imaginar no corpo de uma árvore, ou no de uma andorinha. Por mais poética que seja a hipótese, é inviável a compreensão. E mais:

há relatos de cegos de nascença que *ganharam* a visão após um período, com um implante de córnea, por exemplo, e sua primeira sensação de ver foi um apavoramento. O mundo ficava agressivo, cheio de violência, ríspido de cores, e tão sem sentido nas imagens desconectadas... Um rosto não era um conjunto com olhos, nariz, boca. Cada parte surgia desconexa, e depois vinha outra, sobressaindo, mas também fora de ritmo. As imagens eram como ruídos irritantes, o mundo visível era odioso."

"Por que você está falando nisso?", ele perguntou, levantando-se. Não esperou que eu explicasse; já saía, completamente nu, em direção à cozinha. Continuei enrolada, aguardando o seu retorno enquanto escutava o barulho do garrafão de água gorgolejando num copo. Pierre deve ter encontrado um short em qualquer canto da sala, porque quando voltou estava vestido. Eu me senti desconfortável por ainda não ter posto as roupas, mais ou menos como uma visita que esquece a hora de partir. Saltei da cama para pegar a blusa jogada no piso. "Desculpe", murmurei. Pierre então veio, para um abraço arrependido. "Não, você tem razão, precisamos falar", começou, puxando-me de volta.

Houve um dia em que ele a levou até o oftalmologista. Falaram de alucinações. Na época Laila enxergava figuras com padrões de mosaicos islâmicos, e estranhas decorações espanholas lhe surgiam com os olhos abertos ou fechados. O médico disse que, com o tempo, a própria ideia da visão desapareceria — a sensação de que os objetos têm uma aparência, ou características visíveis, poderia sumir por completo. Esse era, inclusive, o único meio para Laila se livrar da "nostalgia visual" e da infelicidade. Mas ela não queria, obviamente; ao contrário, desejava explorar cada vez mais os estímulos. A pior mutilação seria apagar esses resquícios, esquecê-los em definitivo, como se fosse uma pessoa muito idosa, condenada a perder o passado. Viver como se tivesse sido sempre cega — ou velha — significava uma pobreza impraticável.

Laila tentou reproduzir as fulgurações que lhe dançavam à frente. Desenhava protozoários e glóbulos, como se o mundo se transformasse num caldo químico. Usava canetinhas e dizia ter a sensação de somente contornar as imagens, que pulsavam em sombras cintilantes no papel. Mas um dia isso parou; o espaço se converteu num cinza adensando rumo ao preto. Ela odiou os médicos, seus inflexíveis presságios. Rasgou todos os desenhos para, em seguida, largar o curso de artes visuais.

Pierre lamentava aquele desperdício e, sobretudo, o abandono de uma resistência, da espécie de luta inútil que a ex-namorada poderia ter sustentado. Talvez assim não caísse na melancolia subsequente — nem depois tivesse, como resultado de tanta introspecção, buscado uma fuga radical. "A traição", pensei, mas não disse nada — e de novo imaginei Laila com Bent. De toda forma havia um tipo de rebeldia, uma energia positiva a fazê-los dançar grotescamente numa praia.

O afogamento

Embora eu pudesse ter confessado o que vinha fazendo, achei que Pierre não entenderia. Ou quem sabe eu ficasse embaraçada para seguir com as experiências se tivesse falado sobre elas. Já no dia seguinte acordei no apartamento dele e peguei o cão para um passeio. Na bolsa, eu levava óculos escuros e esparadrapo. Parei na esquina e colei minhas pálpebras: um simples reforço para não ceder ao costume de olhar. Pus os óculos e percebi que oscilava, o cachorro de repente se movia com um novo ritmo. Ele recuperava sua função postiça. Notei como parava nas esquinas, sondando o tráfego; como apressava o passo ao pressentir carros ainda longínquos. Intimamente agradeci a Aluísio pelo treino básico — e, ao lembrar-me dele, percebi o que faltava ser feito.

Não sabia como instruir o cão a tomar o caminho da loja, então suspendi o exercício por um momento, tirei os esparadrapos, voltei a enxergar. Estava numa rua estranhamente arborizada. Um quarteirão de frescor em plena Fortaleza — mas o que

Laila resolvia por ali, antes? Ou Pierre somente andara a esmo, explorando direções sem sentido? Pouco provável. O mais correto seria supor um motivo, uma rotina misteriosa de que ninguém suspeitava — afinal, quem tinha a curiosidade de espionar um cão-guia? De qualquer forma, eu jamais descobriria detalhes; apenas observava o estilo das casas, gigantescas e bem cuidadas, pressentindo que numa delas Laila poderia ter encontrado o colega com quem agora dançava butô em Buenos Aires.

Após conseguir informação com um ciclista, localizei o pet shop. Silmara estava atrás do balcão; pela vidraça se via o seu rosto aborrecido, os braços afastados do corpo. Quando entrei, ela me olhou com cansaço: "Até que enfim". Deixei que o cliente saísse, para lhe dizer: "Não vim trabalhar. Quero as minhas contas". Aconteceu o esperado — ela ficou muito vermelha, contendo-se para não fazer escândalo enquanto várias pessoas e bichos se adiantavam, numa grande circulação de compras, vacinas, pacotes de ração e areia sanitária. Durante os hiatos ela me dizia que eu perdera os direitos, precisava ter dado aviso prévio. Eu contestei, também aproveitando as brechas dos telefonemas que Silmara atendia. Falei em férias atrasadas, décimo terceiro proporcional — e ainda espiava o movimento dos tosadores na seção de banho. Pierre balançava o rabo como se fosse uma corda mole na mão de duas crianças. Talvez investigasse a presença de Aluísio, assim como eu; ou então reconhecia o antigo espaço de onde saiu para viver com Laila.

Depois de minutos naquela briga fragmentada, Silmara passou a cobrar o cachorro de volta — pois eu estava com ele para devolvê-lo, não? Que o entregasse logo, havia demanda, ela disse, estendendo as unhas para a coleira. Puxei Pierre para trás de mim e por pouco não explodi numa risada. Era a minha extrema reação às ameaças, um riso histérico e medonho como o de um vilão de filmes. Eu própria imaginava minha boca a se abrir, quadrada e maligna, o som rasgando os ares num *staccato*. Foi assim que ri ao ver meu ex-namorado de braço dado com a outra, a mulherzinha trivial que lhe havia passado mensagens eróticas: sequer tinha um rosto, de tão óbvia.

Se fosse feia, seria ao menos alguma coisa. Mas ela não era nada. Nariz médio, boca regular, cabelos lisos. Nenhuma assimetria, sardas, sobrancelhas grossas, sinal que fizesse parar, olhar um detalhe. Nenhum decote na roupa neutra; um corpo incógnito mas sem mistérios. Perto dela, até Silmara se tornava atraente, com a vantagem do volume: devia se sacudir, toda flácida, o Aluísio acoplado nela. Há quem goste de bizarrices; nesse caso, é um lucro ter deformidades. Tudo pode chamar a atenção, menos uma lousa limpa, pálida, sem nada escrito. Aquela era a mulher-verme, apática e gosmenta. Suas mãos seriam frias como o focinho de Pierre, agora a me tocar o tornozelo — um botão de borracha. Mas eu não ri para Silmara, não fiz nada. Deixei que uns clientes passassem à frente, encobrindo o meu gesto: uma pequena obscenidade em despedida. Na calçada, tornei a colar as pálpebras, pus os óculos. Pierre foi me conduzindo.

A trapaça

Meus sapatos sobre o chão pedregoso de uma estufa, o pulsar do músculo cardíaco, um canário, um espirro, buzinas distantes, campainhas, um rádio, barulho de fechadura, chaves, trinco, porta, passos. Farfalhar de plantas, a janela que estala com o calor da tarde, o ruído da vassoura, um abrir de lata de refrigerante, sussurro de espuma, som de mandíbulas, dentes que mastigam — e o vento, seu assobio pelas frestas. Havia dias em que eu usava uma venda sobre os olhos como um acessório, um ornamento — assim como algumas mulheres usam lenços no cabelo — mas isso foi antes de vir morar com Pierre. Seria estranho se os vizinhos me encontrassem; poderiam comentar coisas, e eu teria que dar explicações. Já tive de explicar muito quando falei sobre a demissão.

É claro que não poderia citar o caso com Aluísio ou a conversa com Silmara, então disse que ela simplesmente me pôs na rua por "contenção de despesas". Tentei apaziguar Pierre, que ficou furioso, querendo tirar satisfações no pet shop. Menti que me pagariam todos os direitos, mas talvez eu devesse vender o carro para cobrir os aluguéis atrasados, porém depois de quitar a dívida com a imobiliária não saberia o que fazer. Era péssimo, mas cogitava a ideia de voltar para a casa de minha mãe. Pierre me escutava em silêncio.

Enquanto eu falava na rotina familiar que me aguardava, ele próprio devia se ajustar no papel. Desde a exposição em Paracuru, não fazia contato com os pais; recebera os quadros de volta mas não retornara com qualquer mensagem. Agora o Natal se aproximava, e ele devia enfrentar pelo menos um telefonema, inventando mentiras para não visitá-los. "Por que você não vem morar comigo?", eu o ouvi dizer, e foi incrível como me senti. Nenhum rastro da raiva de dois meses atrás, quando supunha Pierre a me desejar como uma presa fácil, disponível para erguer seu orgulho de homem rejeitado. Eu poderia ter recebido um soco na consciência, se tivesse guardado as impressões iniciais sobre Pierre. Elas sairiam velozes como diabinhos, exigindo que eu fosse coerente. Entretanto, não existia caixa nem gaveta para os pensamentos — e após um minuto aceitei sua proposta.

Nós saímos para comemorar. Gosto de pensar que foi assim, embora a ideia do restaurante provavelmente tenha surgido pela absoluta falta de mantimentos que pudessem se transformar num almoço, naquele dia. Passeamos como um casal oficializando-se em público; de vez em quando, mãos dadas pelas esquinas, num pudor de se comportar de certo jeito infantil. Mãos dadas lembram proteção excessiva: pais apertando pulsos, segurando crianças diante de semáforos — mas ali quem protegia quem? Pierre deixava que eu andasse do lado do muro, uma cortesia masculina que outro namorado me explicara: "Se um carro desgovernado vier, serei esmagado antes", ele dissera, com um tom sério. "Oh, muito obrigada!", eu havia respondido. Aquilo soava bem mais útil do que o cavalheirismo de abrir

portas ou puxar cadeiras; as mulheres não são fracas para sofre-
rem com tais movimentos — mas andar com a proteção de um
corpo como escudo, isso sim valia. Pierre me apontava buracos,
desníveis no piso para que eu não escorregasse. O antigo hábito,
pensei — mas então ele era o protetor, embora fosse tão magro
e aparentemente fraco?

Quando nos acomodamos no restaurante, surgiu a mulher.
Primeiro a sua barriga: uns cinco ou seis meses de redondeza
à altura do nosso olhar, como uma guloseima ofertada. Sob o
vestido, alguém podia supor uma panela coberta pelo pano de
mesa. Se estivesse na horizontal, a confusão seria perfeita —
qualquer um tentaria descobrir o pano para revelar a vasilha de
inox com o grande umbigo à guisa de tampa, sem suspeitar que
debaixo houvesse uma mulher. "Ah, como está?", espantou-se
Pierre, fazendo ressoar os talheres enquanto se levantava. Eu
permaneci estática, buscando o contexto para os cumprimentos.
Fixei-me nas palavras "piscina" e "pagamento", e em dois minutos a barriga se afastou com um tchauzinho. Pierre esclareceu
que aquela era a instrutora do Centro de Terapias. Ele não se
lembrara de cancelar a natação de Laila e precisava acertar os
débitos pendentes. "Outra questão financeira", falou, com um
sorriso nervoso antes de voltar ao cardápio. Eu estendi os dedos
e fiz uma carícia em seu rosto. Foi um gesto impensado ou pura-
mente fútil — apenas porque um dia li, acho, que uma sensação
tátil é o que resta quando não há mais nada a esperar.

Flores de ferro

No dia seguinte, deixei que Pierre fosse sozinho quitar as dívidas da natação. Inventei que precisava escrever uns textos, como se aquilo fosse urgente. Eu estava tentando publicar em jornais, mesmo sabendo que pagariam um "valor simbólico" por matéria, conforme me avisaram os amigos da época da universidade. Eles, ao contrário de mim, fizeram questão de obter um diploma e, se isso não lhes aumentava muito o salário, servia para que assumissem a atitude de intelectuais cansados. A idêntica expressão amarfanhada, com grandes óculos em estilo vintage, repetia-se em todas as fotos dos meus antigos colegas, nas redes sociais. Ainda assim, eu buscava contatá-los, fingia saudade de cada um. Pedia dicas, nomes de profissionais para os quais pudesse submeter artigos. Fazia tudo com aparente angústia, mas no fundo eu sabia que não estava tão preocupada.

Larguei o computador na hora em que Pierre fechou a porta. Dessa vez eu não acompanharia sua silhueta caminhando lá embaixo, nos breves instantes em que ainda poderia gritar da varanda e ele me ouviria, voltando a cabeça para um tchau, um beijo soprado como numa brincadeira de fazer bolhas, essas coisas românticas que aliás nunca adotei com ele — o que não me impedia de ir à varanda para vê-lo. Eu o seguia e avaliava sua compleição, o estilo de andar, um homem visto sem o filtro das proximidades. Durante várias manhãs, analisei meus próprios juízos, e sempre concluía de maneira igual. Um homem feio. Bondoso, simpático — mas feio. Faltava-lhe a musculatura, o porte pleno do outro Pierre, o cão, que em cochilos interrompidos por algum pestanejar (um aviso de alerta, como se dissesse: se precisar, estou aqui!) ainda era imperioso, tinha o domínio do seu corpo.

Comecei a vagar pela sala, sentando num canto e levantando em seguida, inquieta. Pensava na professora das piscinas, a instrutora de inválidos, tão jovem e indefesa na gravidez que lhe deformava. Era o tipo de mulher que não se dava conta do que acontecia, e exatamente por isso desamparada, sem a revolta sequer de uma reflexão. Preparava um filho como uma fêmea comum — e as propagandas, as revistas de celebridades lhe diziam para se alegrar: uma vida nova, uma bênção! Ela já se comovia com roupinhas de crochê, sapatos minúsculos, fraldas. Aceitava os parabéns de desconhecidos, as perguntas sobre datas, sexo. Não suspeitava o horror ou a crise possível de se instalar em curto prazo. As dores e o colostro, o inchaço, as inúmeras secreções — o bebê como uma posta vermelha e vibrante, suas gengivas encarnadas.

Os recém-nascidos sempre me inspiraram pavor, como se fossem uma fissura do universo. O todo harmônico de repente extravasa, materializando-se de forma inexplicável. É diferente do que sinto em relação aos mortos, que afinal não se acabam completamente: persistem nos ossos, em células dispersas. Mas um bebê, inédito de feições, com sua miúda presença invasiva, traz um desequilíbrio e rompe espaços até então ausentes. As exigências surgem desde o primeiro momento, com a criatura que esperneia, debatendo-se numa gaiola invisível. Eu me lembrava do medo nas ocasiões em que visitei maternidades e berçários, para alguma prima ou tia me mostrar o novo membro da família. Depois, na época em que uma amiga de adolescência fizera "uma besteira", conforme falou, eu a vi parecendo uma espancada a se recuperar no leito do hospital. Uma bisnaga feita de panos, com uma cabecinha humana, descansava a seu lado — e mal pude encará-la. Perdi o fôlego só de pensar que um dia isso fosse acontecer comigo.

Com Pierre, eu ainda não conversara a respeito, e também não tinha pressa. Sabia que os namorados costumavam se espantar com uma mulher que não quer filhos. Era como se o relacionamento carregasse o tema implícito da reprodução e a força dessa hipótese superasse as afinidades. Um casal podia se ajustar com perfeição nos gostos, nas preferências de lazer, política, rotina — se não existisse a chance de perpetuar sua genética, de pouco valiam as harmonias. Em compensação, havia inúmeros exemplos opostos, com duplas formadas por temperamentos díspares, gente que vivia às turras mas se condenava ao convívio por causa dos filhos em comum. Aquele martírio de jamais se livrar do outro (mesmo após uma separação judicial) gerava um repertório desgastado de queixas, acusações e sacrifícios.

Nunca me vi amarrada a alguém, nem a um companheiro, nem a uma criança, figuras que devesse conduzir ou apoiar. De certa maneira sou eu que preciso de amparo, e talvez por isso tenha sido tão confortável ocupar o apartamento de Pierre depois da demissão no pet shop. Agora que a rua ficou deserta, eu me aproximo da varanda e me debruço em sua grade, envolvo-a nas mãos: é um rolo metálico. Tão doloroso dar à luz quanto dar-se à escuridão, como aconteceu com Laila. Mas escolho simular esta última experiência, de um jeito parecido como fingia ser uma grávida quando tinha oito anos e andava com almofadas sob o vestido. Não era um treino, nem um desejo; eu fazia um simples exercício de viver o alheio, como repito nesta hora.

Pego as fitas adesivas para as pálpebras e seguro a coleira. Pierre desperta com o barulho do guizo, num sobressalto. "Vamos passear", eu convido.

O fuso interno

No Centro de Terapias, o tempo entra em estado sólido, congelado pelas repetições. Os alunos ficariam perturbados (esta é a teoria), se algo mudasse. A cor das paredes precisa ser a mesma, em verde-sinistro ano após ano, e a disposição dos objetos não muda. É no mínimo curioso pensar no contraste entre este ambiente e o outro que Laila frequentava, no curso de artes. A cada semana havia uma novidade: adesivos nos muros, troços esquecidos pelos cantos — novelos de lã num ninho, imitando ovos, ou bilhetes farfalhando em varais de uma janela a outra, bustos de argila nos ângulos das paredes... Mas Pierre lembra sobretudo os treze monstrinhos, desenhados por cima de interruptores e maçanetas, rastejantes ao longo de um rodapé, ou boquiabertos, circulando lâmpadas. Foi aquilo que mais o marcou, da segunda vez em que esteve ali (da primeira, estava muito ansioso para se concentrar em qualquer coisa que não fossem os rostos, à espera de localizar Laila) — e recorda que sua visita teve motivo similar: trancar a matrícula de Laila, informar que ela não iria às aulas.

Pierre imagina a chance, nula, de um médico visionário transformar o Centro de Terapias, dando permissão para os artistas agirem: "Usem este lugar!" — e já não haveria segurança, cada metro transformado em armadilha para deficientes. Cadeiras postas no pátio receberiam luvas nas extremidades dos braços: estranhamente humanizadas pelos simulacros das mãos vazias, provocariam constrangimento. Alguém teria a ideia de amarrar cachecóis no pescoço das árvores, ainda que nesta cidade não exista inverno. Depois inventariam uma película para colar sobre os espelhos; quando uma pessoa se posicionasse em frente, preencheria com o colorido da própria fisionomia os locais do rosto impresso.

Haveria a tentativa de instalar lousas e cavaletes pelo jardim, para qualquer um poder rabiscar. Além da proposta de construir uma pirâmide inflável, sob o argumento de que triângulos trazem boa energia — e costumam ser estáveis. Cada intervenção de arte seria um excesso e, por isso mesmo, duraria pouco. Ao contrário, Pierre agora passeia pelo espaço e só encontra o comedido, o útil, o permanente.

Nas salas de reforço fisioterápico, cestos se enchem de barras com peso de meio quilo, ligas elásticas para alongamento, bolas de tamanhos variados. À beira das piscinas, uma sequência de minipranchas descansa, molhada — e mais adiante, a uma distância necessária para que se evitem os cheiros, fica a "fazendinha", o espaço desejado pelas crianças e por todos que tenham um pensamento infantil. Pierre vai até lá para observar melhor dois cavalos em círculo, levando no dorso meninos leves como gafanhotos. Talvez um deles seja Mauro (o que tem pernas finas, balançando como trapos nas laterais da sela), mas Pierre não recorda direito o garoto. Olha ao redor, para ver se depara com seu pai; ele, sim, reconhecível. Um homem sempre tem o rosto mais marcado, uma expressão distinta em meio às outras — e, no caso de Sávio, a fisionomia poderia conservar o desgosto, a raiva contra Laila. Se visse Pierre, ele o afrontaria silencioso, engolindo um tipo de nó, o pescoço virando pêndulo, os ombros repentinamente agudos. Um galo de briga, inclusive com o penacho sobre a testa. Mas Pierre não iria brigar; sairia apressado, na direção da secretaria.

No caminho passaria por Valdo, embora sem identificá-lo. Não saberia que aquele velho dividira as águas com Laila durante vários dias. Era um simples deficiente que sofria de ruína, assim como uns sofrem de cegueira, câncer ou paralisia. Mesmo anônimo, porém, Valdo provocou um tremor em Pierre, um bafejo ruim quando passou por perto. E, numa espécie de curiosidade mórbida, Pierre esperou para contemplá-lo. Viu seus passos trêmulos até a piscina, o jeito de se agarrar à escadinha, descendo como se o corpo fosse uma âncora que baixa aos poucos, um fôlego de cada vez, para não despencar. Então, quando estava submerso, a transformação aconteceu. Valdo nadou livre, sem instrutor que o fizesse repetir exercícios — esticou-se, ágil e coerente pelo caminho aquático. "O que você quer dizer com coerente?", Pierre se perguntou. Lembrava uma conversa com Laila, meses atrás. Tinha sido ela a constatar tudo aquilo, e agora ele raciocinava como um reflexo.

"O que você quer dizer?", insistiu Pierre, e ele próprio respondeu, com a voz feminina que lhe ressoava por dentro: "Não sei, mas acho o corpo humano estranho, com esse empilhamento vertical de órgãos. É um tubo que se ramifica cinco vezes — seis, no caso dos homens. O corpo de uma cobra me parece mais lógico; é uma reta horizontal, única. Como o corpo de Valdo, paralelo às bordas onde flutua".

As modelagens

"Ninguém é o que aparenta" — escrevi faz anos. Achei a frase numa caderneta dentro de uma caixa com roupas, que trouxe do meu apartamento. Essa verdade então valia para os outros. O modelo dos namorados que tive foi eficaz o bastante para que eu estendesse uma vida secreta — e pérfida — à humanidade inteira. Somente eu não tinha mistérios; levava a existência rasa dos que não mentem. Comecei a inventar histórias para compensar essa defasagem, e assim criei os primeiros esboços, pedaços para um roteiro que algum dia poderia terminar.

Quando conheci Pierre, andava obcecada por escrever ao menos um conto. Na universidade, diziam que um jornalista devia antes de tudo observar. A visão se tornava tão apurada que o observador desaparecia atrás dos olhos, camuflado com um disfarce transparente mas poderosíssimo. Os fotógrafos sentiam isso; anulavam-se por trás da lente, da máscara da câmera. Entretanto, eu tinha apenas papel e lápis; fingia anotar as vendas do pet shop enquanto espiava pela vitrine. Havia os passantes habituais, porém nenhum me intrigava tanto quanto Pierre e Laila — o feio e a cega que iam de mãos dadas.

Eu me transferi para a sua realidade como se provasse um vestido alheio, feito sob medida. Reparava nas partes frouxas ou justas demais e pensava: eis a diferença dos corpos, mas estou quase confortável. Precisaria me adaptar um tantinho, crescer dois centímetros, engordar. O que não era ruim, para quem se sentia tão conflitante. Ao menos eu achava um estilo, um padrão a seguir — e buscava um desenho necessário para marcar a distância, o território sutil de mim para mim mesma. Na época, criava expressões que nunca tive; percebia no espelho uns vincos que começava a descobrir sob os dedos. Desconhecia a cor de minha pele, sua brandura pálida ou rosada, a cor dos cabelos no amálgama dos fios, texturas de seda. Tudo isso me perturbava muitíssimo, até que decidi parar.

Agora eu também deveria suspender a pesquisa rumo aos segredos de Pierre, a busca por desvendá-lo com insistência semelhante à que apliquei sobre minha identidade. Sei que não é saudável ou construtivo — palavras de ordem dos terapeutas —, mas existe uma tentação pelo que é tóxico. E, em último caso, não estarei descobrindo nada, só inventando. "Nem mesmo para si próprio", acrescento na caderneta, com uma letra igual à que sempre tive. "Ninguém é o que aparenta, nem mesmo para si próprio." Isso me redime do que estou prestes a fazer.

No minuto seguinte reviro roupas, mas não as minhas, que permanecem quase todas dentro das malas. Eu as mantive lá como um pretexto para o ato de supostamente abrir espaços em armários e gavetas. Sou rápida, mas cuidadosa: as blusas deslizam uma após a outra, na fileira dos cabides. Procuro em bolsos, enfio os dedos em jaquetas e calças, espiono o interior de sapatos sem saber o que achar. Encontro botões soltos, uma bolinha de gude, páginas de revistas obscenas entre o estrado da cama e o colchão, com as quais descubro que Pierre prefere as gordas, ou no mínimo fantasia com elas. Devolvo as folhas com as nuas obesas para onde estavam. Não estremeço um milésimo do que sofri com a mensagem no celular — mas torno a me sentir como uma figura de Auschwitz. Magra e assexuada.

Laila pesava tão pouco quanto eu: reparo ao despejar uma caixa com várias fotos dela. O fetiche de Pierre deve ser antigo, da época em que ainda precisava esconder pornografia, quando não namorava uma cega. Ou então é coisa recente, escolha dos últimos dias (e aí, sim, justificavam-se os recortes sob o colchão). Pensando bem, essa deve ser a opção correta, porque as páginas parecem novas. Eu senti o brilho nítido, a flexibilidade que os papéis frescos têm. As gordas semelhavam transbordar de suas aberturas, numa visão de açougue que nenhuma mulher comum poderia fornecer. Lembrei Silmara, como se resgatasse uma referência no assunto; era fácil colar sua cara num daqueles corpos, bastava amorenar o tom da pele. Eu tinha o palpite de que Aluísio compraria as mesmas revistas que Pierre — mas, com o estilo dele, é claro que ia preferir a pornografia virtual.

Terminei de investigar o quarto e passei para a sala. Sacudi livro por livro, à espera de que caísse um cartão, um bilhete. Finalmente parei na escultura, o mapa da alma do avô de Pierre — e notei que ao lado havia uma pasta com vários desenhos de móveis, todos destacados de uma coleção chamada *Aprendiz de marceneiro*. Eu folheava as ilustrações quando a porta do apartamento se abriu. Não me mexi, apenas olhei. Pierre veio sentar no sofá e moveu a cabeça desolado: "Espero que você não me odeie", ele disse, e começou a confessar.

Um anjo invariável

A experiência começou antes que ele conhecesse Laila. Na verdade, Laila foi parte da experiência, quando Pierre estava prestes a concluir o estágio probatório na repartição. De algum modo, a perspectiva de se firmar num emprego público injetou sua dose de angústia: começaria uma etapa de tédio sem prazo, impossível de ultrapassar. Os colegas previsíveis, o horário idêntico, o almoço nos restaurantes da redondeza — três anos de teste serviram de ensaio para as próximas décadas. Pierre telefonou ao velho psicanalista que o atendera nas complicações da adolescência e viajou meio clandestino até Paracuru. Depois da consulta sentiu-se leve o bastante para visitar os pais, admitir que havia chegado de surpresa na cidade. O que ouvira fora um simples conselho (mas às vezes é preciso pagar por eles), e Pierre se dispôs a segui-lo, obviamente. O psicanalista lhe dissera para buscar diversão, aprendizado. Qualquer nova atividade em que pudesse se envolver, longe do trabalho.

Então, antes de contratar Laila como professora de pintura, Pierre tentou a marcenaria através de manuais que comprava em bancas de jornal — mas nunca foi um bom autodidata. Achava difícil reproduzir as medidas na madeira e cortá-la como se deve, sem os instrumentos adequados (que, de resto, não se ajustariam à sala do apartamento). Ele desistiu de projetar cadeiras ou banquinhos e acabou por improvisar uma figura qualquer: justamente a escultura que ganharia uma história familiar, contada a Laila e depois, a mim.

"Nunca tive um avô andarilho", afirmou. "Os meus antepassados viveram na rotina de comércio ou escritório, sem nenhuma crise. Só eu saí assim." O silêncio parecia sugerir que perguntasse como era aquele *assim*, mas pensei nas enganosas ideias, nos equívocos contidos numa frase. "Ninguém é o que aparenta" palpitava dentro da caderneta que eu tinha deixado sobre a cômoda, no quarto. E havia uma coisa mais séria a saber. Dentre todos os episódios, as viagens por Minas, pela Bahia, os piqueniques e excursões, tudo o que Pierre dissera ter feito para Laila — o que acontecera de fato? "Cada minuto", ele respondeu.

Eu peguei a escultura, que ficou como uma explosão de vértices em minhas mãos, uma espécie de desenho de impacto, daqueles que se faz nos quadrinhos para criar a sensação de pancada. "Pou...", acho que murmurei, porque Pierre perguntou: "O quê?", mas não respondi. Larguei a escultura no sofá, apressada porque lembrei que tinha visto algo na estante, um grande rolo empoeirado, que só podia ser... E sim, era justo um mapa-múndi, agora se desenrolando, aberto como uma janela.

Coloquei minhas sandálias nas extremidades, para deixar o mapa esticado no chão. "Isso também não foi do seu avô", concluí. Não havia marcas, círculos coloridos apontando para locais, nem linhas que ligassem pontos como estações. Pierre estava tenso; eu via o seu rosto assombrado e quase desabando de horror quando falei: "Existe uma forma de eu não te odiar". Ele

215

então — ele mesmo — me estendeu a escultura, obedecendo a um gesto. Estudei as possibilidades por um instante, mas resolvi que a decisão devia ser sua. Pierre levantou, ocupou o meu lugar em pé, diante dos continentes. Ficou rodando a peça de madeira por um tempo, antes de pousá-la na transversal. Um dos vértices apontava para Fortaleza, nosso ponto de partida — e o seguinte caía sobre a África.

As grandezas

Hoje é domingo, e bem no início da tarde tocaram a campainha. Pierre tomava banho, e eu terminava um texto, sentada no sofá. Fiquei assustada, embora pudesse ter evitado a sensação: num segundo, o cão já levantava as orelhas, antecipando o barulho, a presença atrás da porta. Era um aviso, mas não reparei, de tão envolvida com as palavras no papel. Estremeci, acho que tive um calafrio, e sinceramente não pensava que pudesse acumular um susto após o outro, mas foi o que aconteceu quando abri a porta. Laila estava ali.

Antes que eu pudesse dizer qualquer coisa, Pierre começou a lamber suas mãos, ofegando e agitando o rabo, na felicidade dos reencontros. Ela abaixou para tocar em sua cabeça, deve ter reconhecido o bicho, mas não sorriu nem fez comentários. Apenas perguntou "Pierre?" — e entendi que se referia ao homem, o que estava no chuveiro (ela certamente percebia o barulho d'água; eu própria o escutava). Tinha perguntado não como se achasse que eu fosse ele (devia pressentir a mulher em sua frente), mas como se indagasse por alguém. "Ele não mora mais aqui", menti, primeiro sem saber por quê, porém logo em seguida descobrindo. Eu estava em pânico, tremia descontrolada. Não era culpa, para ser sincera: Laila abandonara Pierre, perdera os direitos sobre o ex-namorado — e o que fazia de volta, com uma mala, inclusive? Ela segurava uma grande valise marrom, daquelas de filme, repleta. Imaginei figurinos, acessórios de performances e todo tipo de material artístico que Bent lhe empurrara durante aquele tempo. Ele não viera junto, a menos que estivesse esperando na rua, mas essa seria uma hipótese fraca. Laila claramente retornava sozinha, para uma reconciliação.

Notei que ela também estremeceu, ao me ouvir. Eu devia ter disfarçado a voz — mas havia chance de que ela soubesse quem eu era, resgatasse o timbre de um dia remoto, num pet shop? Da segunda vez em que ela visitou a loja, Aluísio depressa conduziu o casal para a clínica, explicando detalhes sobre o adestramento e o labrador. Laila nem devia ter reparado em mim, uma simples vendedora. Não teria se concentrado sequer em Aluísio, afoita com a expectativa de levar um cão-guia, o mesmo que agora lhe cheirava os pés num desespero alegre. O meu receio tinha a ver com isso: que ela perguntasse sobre o cão, desmentindo o que eu acabara de dizer. Como assim, Pierre não morava mais ali, mas o cachorro continuava? "Aluguei o apartamento", expliquei. Ela poderia concluir que Pierre se desapegara de tudo, espaço, móveis e bicho. O contrato previa que o locatário se responsabilizava pelo pacote inteiro — e seria até uma hipótese interessante: o antigo morador fugindo sem recordações, fazendo suas viagens particulares, distante de Laila. O escravo não vivia mais para servi-la.

O barulho do chuveiro se interrompeu; percebi isso em algum nível interno, enquanto eu fervilhava com respostas que devolveria, caso Laila indagasse qualquer coisa. Mas ela permanecia muda, segurando a mala por uma alça tão esticada que formava um triângulo — e então, na paralisia da cena, reconheci outro motivo para o medo. Laila me recordava um brinquedo que tive quinze anos antes, uma boneca de plástico que após uma queda engoliu os próprios olhos. As pupilas caíram para dentro e passaram a chacoalhar dentro do corpo. Ela permanecia com o sorriso de porcelana, as covinhas, os cílios pintados ao redor dos buracos — mas tinha se transformado numa máscara terrível.

Laila me aterrorizava. Por muito que eu ensaiasse uma transposição, com exercícios táteis e lenço tapando a vista, jamais conseguiria copiá-la integralmente. Ela sabia que eu mentira, por minha modulação de voz? Percebia o cheiro de pavor que eu soltava? Era capaz de me perseguir, como um animal rastreando a caça? "Preciso de dinheiro para o táxi", ela disse, quebrando os raciocínios confusos que eu elaborava. "Sim", falei, pegando a bolsa no cabide. Tirei duas cédulas, segurei sua mão em torno do dinheiro e tive uma fisgada. Ela continuou parada, sem agradecer. Poderia fazer novas exigências, daí a um minuto poderia entrar e dizer que ficaria, mesmo sem Pierre. Como eu iria contrariá-la? A história do táxi talvez fosse um teste: uma simples inquilina teria negado o dinheiro — afinal, que obrigação tinha com o transporte alheio? Se uma desconhecida, ainda que cega, toca a campainha e me pede um valor para o táxi, não sinto qualquer responsabilidade. Mas se reconheço nessa pessoa alguém do passado, a ex-companheira de um homem que lhe digo ter sumido, então reajo imediatamente. Dou-lhe dinheiro por culpa e para livrar-me de sua presença.

"Vou fechar a porta", eu disse, enquanto puxava o cão pela coleira. Passei a volta na chave, prendi o fôlego e fiquei observando pelo olho mágico. Laila demorou antes de se afastar — uma figurinha deformada pela lente, como uma formiga arredondada por uma lupa. Eu já estava quase tranquila, mas quando virei o susto me arrancou um grito. Pierre me vigiava, com a toalha de banho em torno da cintura. Soube que ele tinha visto o suficiente, pelo menos desde o momento em que entreguei o dinheiro a Laila. Havia chegado pelo corredor com os pés molhados e silenciosos, mas ainda assim talvez Laila o tivesse notado. Durante um segundo, os dois ficaram estáticos, e ela aguardou que Pierre lhe falasse, ou que me impedisse de trancar a porta.

Ele desfez a pose de estátua molhada e entrou de novo no banheiro. Percebi então meus óculos escuros e o rolo de esparadrapo sobre a mesa — *no centro da mesa,* embora eu os tivesse guardado dentro de uma gaveta. Eu os coloquei sobre os olhos, como quando saía para os exercícios em segredo. Esperei um pouco, sentada no sofá; depois Pierre me tocou no ombro. Vinha muito perfumado, e sorri satisfeita. Deixei que ele me conduzisse e chamei o cão, para que saíssemos os três.

ESTA OBRA FOI COMPOSTA POR ACOMTE EM ELECTRA E IMPRESSA PELA
PROL EDITORA GRÁFICA EM OFSETE SOBRE PAPEL PÓLEN SOFT DA SUZANO
PAPEL E CELULOSE PARA A EDITORA SCHWARCZ EM MARÇO DE 2015